안미옥 에세이

에세이 &

조금 더 사랑하는
쪽으로

초판 1쇄 발행 2024년 4월 25일

지은이 안미옥
펴낸이 염종선
책임편집 박지영 이주원
조판 박지현
펴낸곳 (주)창비
등록 1986년 8월 5일 제85호
주소 10881 경기도 파주시 회동길 184
전화 031-955-3333
팩시밀리 영업 031-955-3399
          편집 031-955-3400
홈페이지 www.changbi.com
전자우편 lit@changbi.com

ⓒ 안미옥 2024
ISBN 978-89-364-8021-9 03810

* 이 책 내용의 전부 또는 일부를 재사용하려면 반드시
  저작권자와 창비 양측의 동의를 받아야 합니다.
* 책값은 뒤표지에 표시되어 있습니다.

조금 더 사랑하는 쪽으로

안미옥 에세이

창비

수안에게

두걸음

다섯살 아이에게, 네 이야기로 쓴 책이 나오는데 제목을 '조금 더 사랑하는 쪽으로'라고 할 것 같다고 말했다. 아이와 함께 살고 대화를 주고받게 된 이후로 책이 나올 때 제목에 대한 의견을 묻곤 한다. 시집 『저는 많이 보고 있어요』 제목을 정할 때도 물어보았는데, 그때 아이가 "저는 많이 보고 싶어요. 그거 제목이 좋아"라고 해서 제목을 결정하는 데 도움을 받았다. 보고 있다는 말속에는 보고 싶다는 말도 다 포함이 되어 있다는 걸 아이의 대답을 통해 깨달

---

* 이 책에선 아이를 '나무'라는 애칭으로 부른다. 나무의 이름엔 내 성이 들어가 있다. 수안. 나무의 이름 뜻을 풀면 '편안한 수유나무'라는 뜻이 된다. '빼어나다'와 같이 흔히 쓰는 뜻으로 짓지 않고 '나무'라는 뜻을 넣은 것은 지금 생각해도 잘한 일 같다. 선물 같은 이름을 지어주고 싶었다.

았고 그게 참 마음에 들었기 때문이다.

　이번에도 나는 약간의 기대(!)를 하며 물어보았다. 그랬더니 대뜸 나는 별론데? 하는 것이 아닌가. 아 그래? 왜? 하고 물었더니, 그것보단 다른 게 좋다며 새로운 제목을 대안으로 제시했다.

　—'내가 더 사랑하는 사람은 누구?' 이걸로 하면 좋겠어.
　—그 제목이 갑자기 떠올랐어?
　—응, 아마 제목만 보고선 사람들은 그게 누군지 모를 거야.
　—아 그러네, 정말 그러겠다!
　—그런데 책을 읽어보면 알 수 있을 거야.
　—맞아! 그러고 보니 정말 재미있는 제목이네.

　나는 속으로 그게 아이 자신을 말하는 것이라고 생각했다. 그런데 얘기를 나누며 계속 웃고 있던 아이가 재밌다는 듯 수줍게 말했다.

　—아마 다들 모르고 있다가 책을 펼쳐보면 깜짝 놀랄 거야. 그게 엄마인 줄 아무도 모르겠지? 히히.

　그날 이후 아이는 '내가 더 사랑하는 사람은 누구?' 책이 언제 나오느냐고 종종 물었다. 내가 '조금 더 사랑하는 쪽으로'라고 정해줬다 하니 조금 아쉬워했다. 그래서 '내가 더 사랑하는 사람은 누구?'로는 새로운 글을 써보겠다고 했더니 알겠다며 기분 좋게 대답했다. 나도 덩달아 기분이 좋아졌다.

　이 책에는 아이와 함께 주고받은 일상의 순간들이 많이 담겨 있다. 그것은 철저히 내 관점에서 다뤄졌다는 것을 고백한다. 내가 아이의 시선으로 삶을 바라보려고 해도, 나는 나이기 때문에 완전히 그렇게 될 수는 없었다. 다만 아이가 세상을 대하는 태도를 조금은 배울 수 있었다. 내 삶의 태도가 아이에게 영향을 주듯이, 아이의 시선은 내게 많은 영향을 주었다. 나는 아주 달라지지는 않았지만, 많이 달라지고 있는 것 같다. 겨울나무가 봄의 빛과 바람을 맞아 초록 잎을 틔우듯이. 비가 오면 비를 흠뻑 맞은 젖은 나무로 있듯이.

　나와는 전혀 다른 존재와 일상을 나누고 서로의 삶 안으로 깊게 들어가는 일은 신기하고 기쁘지만 어려운 일이다. 다르기 때문에 좋고, 다르기 때문에 어렵다. 게다가 누군가와 관계 맺는 일은 나의 한계와 마주하는 일이기도 하다. 어려움이 생길 때마다, 나는 매번 내가 가지고 있는 마음의 문제들에 가로막힌 기분이었다. 그러나 한계와 벽을 만나도 혼자가 아니라서 벽을 밀어보는 것이 가능하다고 느꼈다. 그렇게 나는 조금씩 자라고 있었다.

　지금의 나는 많은 부분을 아이와 함께 경험하고 있지만, 생각해보면 사람들은 계속해서 다른 누군가와 함께 삶을 겪고 나아가고 있다. 그리고 그것은 당연하게도 많은 용기와 사랑을 필요로 한다. 용기와 사랑은 단번에 가질 수 없는 것이고 갖고자 생각하면 마음이 아주 무거워져버리기도 한다. 그래서 나는 이해로부터 시작하려고 했다. 이해해보고자 하는 마음으로부터. 우선은 나를 이해해보고 싶었고, 다른 사람을 이해해보고 싶었고, 함께 살아가는 우리들을 이해해보고 싶었다. 가능하지 않지만 마음만으로도 내 삶이 조금 더 사랑하는 쪽으로 향해 가는 기분이 들었다. 한걸음이 아니라 두걸음은 걸을 수 있을 것 같았다.

이 책을 읽는 사람들도 나와 함께 두걸음, 세걸음 걸어보면 좋겠다. 그러면 나도 조금 더 많이 걸을 수 있게 될 것 같다. 사랑하면서, 사랑을 주고받으면서.

차례

007 프롤로그 두걸음

1부 계속해서 자란다

017 이상하다는 말

024 벌은 꽃을 좋아해?

030 **나무의 말** 이름 짓기

031 단지 이 세계가 좋아서

039 보고 싶은 마음

046 **나무의 말** 보고 싶어서

048 제자리 뛰기 연습

056 구름과 모름

062 **나무의 말** 사랑해서

063 손에 꼭 쥔 것

069 **나무의 말** 나무의 장래희망 변천사

071 처음 겪는 몸

080 어떤 표정이야?

088 **나무의 말** 심장 소리

089 처음에는 무섭고 나중에는 재미있다

097 느슨하게 주고받는 일

102 내 마음을 믿었어야지

110 **나무의 말** 비

2부   서툴다는 것은 배우고 있다는 뜻

113   상자가 생기면 일단 한번 들어가본다

125   여리고 단단한

130   **나무의 말** 소와 토끼

131   **나무의 말** 의견 조율

132   낯선 풍경과 함께 살기

137   좋아하는 것과 재미있는 것

143   흘러가고 펼쳐지는

150   **나무의 말** 울음 끝

151   선잠

162   한 사람

164   **나무의 말** 그런 마음

166   커튼

171   **나무의 말** 끝말잇기 1

172   특별하다는 것

178   **나무의 말** 끝말잇기 2

179   꿈의 안과 밖

183   사랑의 복잡한 마음을 아는 나이

188   나무에게 한번씩 겨울이 온다는 것을 잊을 수 없듯이

192   **나무의 말** 다섯살

193   에필로그 나무 일기

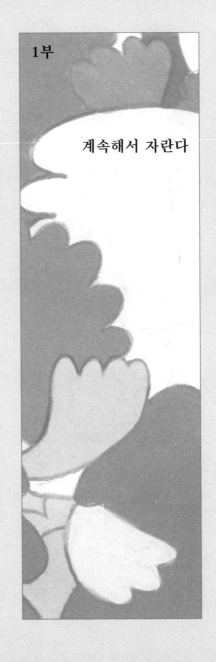

1부

계속해서 자란다

이상하다는 말

　　며칠째 귀가 먹먹하다. 이비인후과에 갔더니 귓속에 물이 찼다고 했다. 감기에 걸려 고생하는 중이었는데 콧물이 많아 코를 풀 때 귀로 넘어가기도 한다고 했다. 코와 귀가 연결되어 있으니까. 연결되어 있다는 건 아플 때 티가 나는 일인가보다. 의사는 약을 처방해주며 콧물이 멈추면 나아질 거라고 했다. 그러나 약을 먹고 사흘이 지나도 증상은 나아지지 않았다. 이번엔 의사가 석션으로 귓속에 찬 물을 빼주었다. 사진을 찍고는 보세요, 이제 없죠? 하고 말했다. 사진을 봐도 나는 알기 어려웠지만, 그러네요, 대답하고 진료실을 나왔다. 그런데 이상하다. 의사는 분명 이제 물이 없다고 했는데, 귀가 계속 불편하다. 나는 여전히 비행기를 타고 높이 올라갔을 때처럼 귀가 먹먹하다. 멍멍하기도 하고 먹먹하기도 한데, 멍멍하다고 하면 왜 자연스럽게 개가 떠오를까. 먹먹하다고 하면 차곡차곡 쌓아 올린 벽돌이 생각나는 것처럼.

평소엔 귀에 대해서 생각할 일이 거의 없다. 귀는 속을 볼 수도 없고 열고 닫을 일도 없으니. 가끔 귀가 가려울 때 새끼손가락도 들어가지 않는 작은 구멍을 만지작거리거나 귀이개를 사용할 때 집중하는 정도. 그러고 보니 이렇게 작은 구멍으로 온갖 소리를 듣게 된다는 것도 어쩐지 묘한 일이다. 귀는 내가 신경을 쓰든 안 쓰든 그 작은 구멍으로 제 역할을 다하고 있다.

나는 평소에 이상하다는 말을 자주 한다. 세상엔 이상한 일이 정말 많기 때문이다. 이상한 사건, 이상한 사람, 이상한 날씨, 이상한 말, 이상한 소리. 그리고 나도 종종 이상하기도 하고. 이상한 것을 마주하는 일은 불편하기도 하고 재미있기도 하다. 또 계속 생각하게 되니까 질문을 쌓게 되기도 한다. 그래서 나는 이상한 것이 좋다.

요즘 나무는 안녕달 작가님의 그림책을 참 좋아한다. 어젯밤 나무와 자기 전에 『눈아이』창비 2021 를 읽었다. 한 아이가 눈사람 아이와 마음을 나누는 이야기인데, 요즘 나무의 '최애' 책이다. 안녕달 작가님의 『당근 유치원』창비 2020 이나 『할머니의 여름휴가』창비 2016 도 좋아하지만 유독 『눈아이』를 좋아한다. 책이 제법 무거운데, 책장에서 혼자 들고 오더니 읽어달라며 이불 위에 누웠다. 눈아이가 눈이 좀 녹은 언덕에서 굴러 나뭇잎들이 몸에 박힌 장면에선 나무도 같이 뽁! 뽁! 소리를 내며 나뭇잎을 떼어주는 흉내를 냈다. 아이가 눈아이의 얼굴을 호— 불어주니 눈아이의 눈에서 눈물이 흘렀다. 아이가 왜 울어? 물으니 눈아이는 따듯해서,라고 답한다. 따듯한 마음 때문에 눈물이 난다는 장면은 언제 읽어도 참 좋다. 아이는 눈아이의 대답을 듣고 이상한 말이었다,고 생각한다. 나는 그 부분을 "요상하네~" 하고 조금 과장해서 읽어주었다. 나무가 그 말투를 좋아하기 때문이다. 책을 다 읽고 불을 끄고 누웠더니 나무가 내 말투를 따라 했다. 요상하네~ 요상하네~ 하더니 웃고 또 따라 했다.

―엄마, 요상하다는 게 무슨 말이야?

―응, 이상하다는 거랑 같은 말이야.

―아 그렇구나.('추피의 생활동화' 시리즈에서 배운 말인데 대답으로 자주 사용한다.)

―이상하다는 건 무슨 말인지 알아?

―모르겠어.

―알 수가 없다는 말이야. 잘 모르겠다는 말.

―응.

　　나무에게 이야기해주곤 내가 맞게 말했는지 잠시 생각했다. 이상하다는 말을 일상에서도 자주 쓰고 시에서도 자주 쓰는데 이상하다는 말의 뜻을 아이에게 설명해주려니 뭐라고 해야 할지 고민이 되었다. 그러고 보면 뜻을 정확하게 생각하지 않고 느낌이나 뉘앙스에 따라 단어를 사용하는 경우가 많다. 나는 요즘 나무와 함께 어떤 말의 뜻을 새롭게 알아가고 있다. 그리고 그 뜻을 조금씩 쌓아가고 있기도 하다.

나무의 입장에서 보자면 세상의 모든 것이 이상하다. 이상하기 때문에 다 알 수가 없다. 나무의 눈으로 보면 세상은 재미있고 신기하고 두렵고 무서운 것투성이이다. 그래서 알고 싶은 것, 알아가고 싶은 것이 가득하다. 재미있고 신기한 것은 알수록 재미있고, 두렵고 무서운 것은 알수록 이해가 되어 무섭지 않게 된다. 요즘 나도 내게서 신기하고 무서운 것을 계속해서 발견해나가는 중이다. 나무와 함께하면서, 잊었던 어린 나의 세계를 한번 더 살아보는 것 같다.

새벽에 일어나 다시 책상 앞에 앉는다. 가족이 모두 잠들어 있고, 낮의 소란이 없는 시간. 창밖의 어둠이 고요하게 나를 감싸주고 있다는 착각이 드는 시간. 나는 노트에 옮겨 적었던 문장들을 살펴본다. 오늘은 클라리시 리스펙토르의 문장 『G.H.에 따른 수난』, 배수아 옮김, 봄날의책 2020 을 여러번 다시 읽었다.

"나는 찾는다, 찾는다, 나는 이해해보려고 애쓴다."
"완전하게 살아 있는 세계란 지옥의 힘을 가졌으므로."

연결된 문장이라고 생각했는데, 책을 다시 살펴보니 첫 챕터의 시작과 끝 문장이다. 멀리 떨어져 있는 문장이지만 붙여놓고 읽을 때도 힘이 느껴진다. 나는 리스펙토르의 문장을 시라고 생각하기도 한다. 첫 문장과 끝 문장만으로도 모든 게 설명된다. 그 사이에 있는 무수한 문장들이 응축된 힘으로 전달된다. 오늘은 이 두 문장이 세상의 전부를 보여주는 것만 같다. 찾는 것, 이해해보려고 애쓰는 것이 지금 내 삶의 형태를 온전히 표현해주는 것 같다. 지옥의 힘을 가진, 완전하게 살아 있는 세계에서.

그런데 완전하게 살아 있다는 것은 어떤 것일까. 나는 완전하게 살아 있다고 말할 수 있을까? 다시 질문하게 된다. 완전하다는 건 뭘까. 나는 완전하다는 말을 제대로 이해하며 살고 있을까? 완전하다는 말도 참 이상한 말이다.

한참을 생각에 빠져 있는데, 나무가 나를 부르는 소리가 들린다. 자다 깨서 방문을 열고 나온다. 나무는 자다 깼을 때 내가 옆에 없으면 무조건 찾는다. 내가 새벽의 고요를 오래 누릴 수 없는 이유다. 나무가 더 어렸을 땐 내가 안 보이면 일단 울었다. 요즘엔 엄마! 엄마! 큰 소리로 부른다. 울음의 언어가 말이 되는 것을 보며 나무가 날마다 자라고 있다는 것을 깨닫는다. 그렇다고 울지 않는 것은 아니다. 여전히 울음으로 자신의 감정을 표현한다. 다만 표현하는 감정의 종류가 다양해졌다. 아기 때는 배가 고프거나 졸리거나 불편할 때 울었다면 지금은 좌절(블록이 뜻대로 안 만들어지거나 무너질 때), 가로막힘(하고 싶은 것을 마음껏 할 수 없을 때), 두려움, 속상함 등의 이유로 울 때가 많다. 나무가 표현하는 감정의 종류와 깊이는 계속해서 달라지고 있다. 그것을 발견할 때마다 놀랍다. 얼마 전부터 '속상하다'라는 말의 뜻을 이해했는지, 그런 상황이 오면 "엄마, 나 속상해" 하고 말한다. 오늘도 자다 깨서 나를 불렀는데 내가 안아주니 눈물이 터졌다. 자리에 다시 눕히고 토닥여줬더니 "엄마가 없어서 속상했어" 잠꼬대처럼 말하며 다시 잠이 들었다. 세살 아이가 속상하다는 감정을 알다니. 내가 괜히 속상해진다. 앞으론 더 많은 감정을 경험하고 알게 되겠지. 신기하고 이상한 일들이 많이 생기겠지. 내가 지금도 그러한 것처럼.

벌은 꽃을 좋아해?

아침에 일어나서 블랙티에 꿀 한숟갈을 타 마신다. 고
체 꿀이고 많이 달지 않다. 꿀 한숟갈을 넣으면 차 맛이 은
은하고 부드러워진다. 나는 꿀차를 좋아하게 되었다. 이 꿀
은 얼마 전 집에 놀러 왔던 친구가 선물로 주고 간 것이다.
가수 강민경이 아침마다 녹차에 이 꿀을 한숟갈 타 마시는
게 루틴이라고 했다. 붓기가 잘 빠진다고.

　　—나는 부은 게 아니라 이거 다 살인데?
　　—(멈칫) 보이지 않는 몸 안의 붓기가 빠질 수 있어.
　　—그게 무슨 말이야.(웃음) 보이지 않는 붓기까지 챙
겨준단 말이야?

―일단 면역력에 좋대.

나는 이 꿀이 보이는 살도 붓기처럼 빠지게 해주면 좋겠다는, 이상한 희망회로를 돌리며 꿀차를 탔다. 하루에 한 번이 아니라, 두세번은 꿀차를 마시는 것 같다. 우선 꿀차를 마시면 기분이 편안하고 좋아진다. 그래서일까? 체중계에 올라갔더니 몸무게가 올라 있었다. 친구에게 바로 전화를 걸어, 꿀을 자주 먹었더니 면역력과 함께 몸무게도 올라가는 것 같다고 했다. 친구가 그게 말이 되냐고, 꿀을 대체 얼마나 먹은 거냐며 웃었다. 몇숟갈 먹었다고 몸무게가 는다는 게 말이 안 된다고. 나도 사실 그런 것 같아서 같이 웃었다.

나무가 꿀병을 보더니 이게 뭐냐고 물었다. 나는 꿀이 무엇인지 설명해줬다. 벌들이 꽃에 있는 아주 단것을 가지고 와서 벌집에 두는데, 그게 모여서 꿀이 된다고. 제대로 된 설명인지 모르겠으나, 내 이야기를 듣던 나무가 다시 물었다.

—엄마, 그래서 벌들이 꽃을 좋아해?

벌이 꽃을 좋아하는 이유는 꿀 때문일까? 나무의 물음에 응 맞아, 라고 바로 대답했지만 정말로 그런지는 잘 모르겠다. 먹고살아야 하니까 그저 자주 찾게 되는 것인지, 정말로 좋아하는 마음도 있는 것인지. 빵을 좋아하는 내가 빵 가게를 좋아하는 것과 같을까. 나는 빵이 없더라도 빵 가게를 좋아할 수 있을까. 그렇다면 무언가를 좋아한다는 건 무엇일까. 정말로 좋아한다는 마음은 어떤 것일까.

'좋아한다'는 말만 떠올렸을 땐 이유 없이도 가능할 것 같은데, 내가 일상에서 좋아한다는 말을 쓸 때는 항상 이유가 따라오는 것 같다. 벌이 꽃을 좋아하는 이유가 꿀 때문이라고 생각하는 것처럼. 어쩌면 좋아하는 것 앞에서 부러 이유를 찾으려고 했기 때문일 수도 있겠다. 모르는 상태로 두지 않으려고. 싫어하는 것에도 이유가 있듯이 좋아하는 것에도 이유가 있다고 생각하면서. 그 이유가 나에 대해 말해준다고 여기면서. 이유를 따라가다보면 내가 알지 못하는 나에 대해 알 수 있게 된다고, 그러면 내가 조금은 달라질 수 있다고 생각하면서.

그런데 나무를 보면 이유 없이 좋아하는 것이 더 많은 것 같다. 양육자의 시선으로 봐서 그렇게 느껴지는 것일까. 나는 가끔 궁금하다. 나무가 중장비 자동차를 좋아하고 돌멩이를 좋아하고 달걀프라이를 좋아하는 이유를. 그런데 이유 없이도 좋아할 수 있다는 점을 열어둔 채 생각하고 싶다. 이맘때 아이들은 그냥 그걸 좋아하는 시기가 된 거라고 말할 수도 있겠지만, 그렇게 단순하게 생각하고 싶지는 않다.

나무가 두돌이 되기 전에 살던 집의 서재에는 창문이 하나 있었다. 책상은 창문 아래 벽에 붙여두었다. 나무가 21개월 정도 되자, 높은 곳에 오르는 것을 좋아하게 됐다. 자꾸 의자에 올라가 내 책상 위에 있는 물건들을 가지고 내려오거나 키보드를 두드려보거나 연필을 쥐고 내려와 벽에 낙서를 잔뜩 해놓곤 했다. 창문에 얇은 꽃무늬 커튼을 항상 쳐놓았는데, 어느 날엔 혼자 의자 위에 올라가 커튼을 걷고 창문 밖을 한참 바라보며 빠방— 빠방— 하면서 나를 불렀다. 이중창의 안쪽엔 불투명한 시트지가 붙어 있었는데, 중간중간 시트지가 없는 곳을 통해 지나가는 자동차를 보고 있던 것이다. 창문 바로 앞에 다른 건물이 있어서 나는 창밖을 내다볼 생각을 해보지 않았다. 그래서 차도와 지나가는 자동차가 보인다는 것도 나무가 알려줘서 알게 되었다. 그날부터 나무는 수시로 책상 의자에 올라가 창밖으로 지나가는 자동차를 보았고, 급기야 창틀 위로 올라가려고 했다. 잠깐 한눈을 팔면 어느새 창틀로 올라가 고양이처럼 창밖을 보고 있었다. 나는 그때마다 나무야 위험해! 하고 말하면서도 창문에 바짝 붙어 있는 나무를 보며 생각했다. 창문이 있어도, 밖을 보려고 하지 않으면 아무것도 보이지 않는다는 것을. 그러나 보려고 하면, 좋아하는 것이 보이기도 한다는 것을.

친구는 나무에게도 선물을 주고 갔다. 초록색 브라키오 사우르스 공룡 인형. 나무는 바로 공룡 인형과 친구가 되었다. 우리, 공룡에게 이름을 지어줄까? 내가 물었다. 나무는 단번에 응! 하고 대답했다. 요즘 자주 하는 놀이가 좋아하는 장난감이나 물건에 이름 붙여주기다. 내가 '토토'(그냥 떠오름)라 짓자고 하자 토토는 싫다고 했다. 그러곤 잠시 고심하더니 우렁차게 빠~!! 하고 외쳤다. 그리하여 공룡 인형의 이름은 '빠'가 되었다. 친구들은 나무가 지은 이름을 재밌어했다. 프랑스에서 온 공룡 같다고 했다. 나무가 힘차게 빠의 이름을 부를 때마다 친구들이 웃음 버튼 눌린 것처럼 웃어서 나는 그저 기분이 좋았다.

　　좋아하는 것에 이름을 지어주는 일은 내 시간을 선물하겠다는 의미라고 생각한다. 이름을 부를 때마다 함께하는 시간. 멀리서도 그 이름을 떠올리는 순간엔 함께 있는 것과 같다. 이름을 떠올리고 생각하는 것은 마음을 쓰는 일이니까. 나는 나무와 함께 좋아하는 것들에 이름을 지어주면서, 나무의 시간이 좋아하는 것들과 함께하는 시간으로 채워지기를 바라게 된다. 나무가 태어났을 때, 나무에게 이름을 지어주면서 내가 품었던 마음처럼.

이름 짓기

나무가 아빠랑 놀러 나갔다가 플라스틱 가재 장난감
하나를 주워 왔다. 집에 있는 낚시놀이 물고기통에 넣
고는 낚시놀이를 하자고 했다. 가재는 자기가 좋아하
는 거라며 나는 못 잡게 했다. 그런데 가만 보니 가재
의 한쪽 눈 스티커가 떨어지고 없었다.
"나무야, 이 가재는 눈이 하나 없네?"
그러자 나무가 의연하게 말했다.
"엄마, 눈이 없는 게 아니라 윙크하고 있는 거야."
그때부터 우리는 그 가재를 '윙크하는 가재'라고 부
른다.

단지 이 세계가 좋아서

　가끔은 삶이 너무나 비현실적으로 느껴진다. 슬퍼하고 분노하는 것만으로는 감당이 되지 않는 일들이 너무 자주 일어나고 있다. 비통해하는 것 말고 할 수 있는 일이 무엇일까. 무력감에 짓눌리지 않고 할 수 있는 일. 그런 생각을 하던 중에 시창작 수업을 듣는 분께 메일이 왔다. 안부 인사에 슬픔이 담겨 있었고, 수업을 한주 미룰 수 있는지 조심스레 묻는 메일이었다. 메일을 받고 고민을 많이 했다. 나도 지금의 마음으로 수업을 진행하는 것에 큰 부담을 느끼고 있었기 때문이다. 무엇이 더 맞는 방향인지 몰라 반나

＊ 이 글은 2022년 10월 29일의 이태원 참사 이후에 쓰였다.

절 정도를 온통 고민했다. 그러다 그럼에도 불구하고 함께 일상을 보내는 것이 더 좋다는 쪽으로 결론을 내렸다. 집에만 있는 것보다 함께 만나 얼굴을 보고 목소리도 듣고 이야기를 나누는 편이 더 나을 것 같았다. 애도의 마음을 함께 나누고 싶었다. 무엇보다 서로의 안위를 확인하고 싶은 마음이 컸다.

수업에 가서 함께 읽으려고 했던 시를 다시 보았는데, 뭔가 적절하지 않은 것 같았다. 지금 필요한 시가 무엇인지 생각했다. 고민을 하다가 이근화 시인의 「소울 메이트」『우리들의 진화』, 문학과지성사 2009 라는 시를 가져갔다. "우리는 이 세계가 좋아서/골목에 서서 비를 맞는다/젖을 줄 알면서/옷을 다 챙겨 입고"라는 구절을 함께 나누고 싶었다.

이 세계가 평온하고 행복한 곳이어서가 아니라, 이 세계가 좋기 때문에 비를 맞더라도 기꺼이 옷을 다 챙겨 입고 나가는 화자의 마음이 어쩐지 등을 쓸어내려주는 손길 같았다. "단지 이 세계가 좋아서/비의 기억으로 골목이 넘치고/비의 나쁜 기억으로/발이 퉁퉁 붇는다"는 구절을 읽고는 오늘따라 "단지"라는 부사가 유독 크게 다가온다는 이야기를 나누었다. 어쩌면 이 세계를 좋아할 이유가 아무것도 없는데, 단지 이 세계가 좋아서 발이 퉁퉁 붓는 것을 감수한다는 것이. 삶을 긍정하는 것은 삶의 비애까지도 끌어안는 일임을 다시 한번 경험하게 하는 시라는 생각이 들었다고. 그러니 계속 일상을 유지하기 위해 애쓰며 살아나가보자고.

수업을 시작할 때만 해도 나를 포함해 수업을 듣는 사람들의 얼굴과 어깨가 잔뜩 굳어 있었는데, 시를 읽고 이야기를 나누면서 천천히 풀어지는 것이 느껴졌다. 모두가 마음을 더하고 힘을 내고 있는 것 같았다. 다행이었다. 내가 온종일 참담함을 느끼며 뉴스를 보지 않으려고 애쓰다가도 어느새 다시 들여다보고 있을 때 한 소설가가 SNS에 올린, 그렇지만 사람을 살리려는 사람들, 희생자들을 생각하며 비통해하는 사람들을 더 믿는다는 글을 우연히 읽고 긴장이 한결 풀어지고 몸을 일으킬 수 있게 되었던 것처럼. 세계를 단호하게 바라보면서 어떤 태도로 살아갈 것인지를 보여주는 문장엔 힘이 있다. 수업이 끝날 때쯤 사람들에게 말했다. 쓰는 일과 사는 일이 별개가 아니고, 우리는 함께 겪으며 써나가고 있다고. 이건 나 자신에게 하는 말이기도 했다.

집에 돌아오니 나무는 자고 있었다. 오늘은 엄마가 일하러 갔다가 늦게 오는 날이라고, 할머니와 자야 한다고 이야기했을 때 나무는 응! 하고 힘차게 대답했다. 그러나 대답이 무색하게 막상 자려는데 엄마가 없으니 속상했는지 한참을 울었다고 했다. 엄마랑 잘 거야! 엄마랑 잘 거야! 하며 울다가 잠이 들었다고. 나무의 이마에 손을 얹고 잠든 얼굴을 한참 바라보았다. 오늘 하루가 참 길다, 하고 생각하면서.

*

나무가 요즘 좋아하는 것 중 하나는 물고기다. 언제부턴가 산책을 하면 횟집 앞을 그냥 지나치지 못한다. 그 앞에 멈춰 수조 안의 물고기를 한참 보고, 저건 무슨 물고기냐고 묻고, 그렇게 시간을 보내야만 가던 길을 갈 수 있다. 횟집 앞에서 물고기를 구경하는 것이 아이의 정서에 그리

좋은 일은 아니라는 생각이 자꾸만 들어서 나는 늘 한걸음 물러서 있는 마음으로 나무의 물음에 반응하게 된다. 수족 관이나 동물원에 아이를 데리고 가는 일도 망설여진다. 인 위적으로 가둬둔 동물을 구경하게 하는 것이 옳지 않은 일 같아 마음이 편치 않기 때문이다. 그렇지만 또 동물을 보고 너무나 좋아하는 아이를 보며 갈등한다. 나는 여전히 내 안 의 모순을 해결하지 못한 채로 우왕좌왕하며 아이를 돌보 는 중이다. 나무는 어느새 동네 어느 길에 수족관을 둔 횟 집이 있는지 위치를 외우고 있다. 그냥 지나가려고 하면 물 고기를 봐야 한다며 우렁차게 외친다. 물고기~!!!

　나무가 요즘 물고기를 좋아한다는 걸 시어머니도 알 고 계셨다. 어느 날 물고기 한마리를 사 오셨는데, 투명한 봉지에 담긴 물고기를 보고 나는 정신이 까마득해졌다. 나 무가 너무 좋아하니까 시장에 간 김에 한마리 사 오셨다는 어머니의 마음을 모르는 것은 아니나, 생물을 집에 들이는 것은 전혀 다른 문제였다. 우선 어항이 없었다. 왜 내게 먼 저 물어보지 않고 물고기를 덜컥 사 오신 것일까. 어머니는 키우기 쉽고, 여과기가 없어도 되는 물고기라 사 오셨다고 했지만, 그게 중요한 것은 아니었다. 내게는 돌봐야 하는 존재가 하나 더 생긴 셈이니까. 게다가 나는 물고기를 키워본 적이 없어서 무지한 상태였다. 그러면 또 물고기에 관해 공부해야 하고 필요한 것들을 구입해야 하고 계속 들여다봐야 하고…… 아이고 머리야.

당장 그릇에 넣어두고 키울 수 없어서 녹조류의 일종인 마리모를 키우고 있던 아주 작은 어항에 물고기를 놓아주었다. 물고기 종을 찾아보니 대략 베타로 추정되었다. 꼬리가 화려하진 않았는데, 생김새가 비슷했다. 베타는 공기 호흡도 하기 때문에 수질만 깨끗하게 유지한다면 여과기가 필요하지 않고, 스트레스에 취약하기 때문에 오히려 여과기가 좋지 않다는 글을 보았다. 그나마 다행인 것인지 아닌지 헷갈리기 시작했다. 여과기를 구입하지 않고도 수질을 깨끗하게 관리하는 방법이란? 어쨌거나 내가 더 부지런해져야 한다는 뜻으로 들렸다.

아예 키우지 않으면 모르겠지만, 기왕 키우게 된 것이면 살기 편하게 해줘야 한다. 나는 급하게 어항과 수초와 자갈과 모형 등을 샀다. 어머니는 이런 거 없이도 괜찮다고 하셨지만, 내가 오래전 「한 사람이 있는 정오」(『온』, 창비 2017)라는 시에 쓴 구절이 계속 머릿속을 맴돌았기 때문에 그럴 수는 없었다. "어항 속 물고기에게도 숨을 곳이 필요" 하니까.

하루에 두번 밥을 주고, 들여다보고, 나무와 함께 '레디'(붉은색이라서)라는 이름도 지어주었더니 어느새 정이 들었다. 나무는 매일 아침 레디에게 "물고기야, 잘 잤어?" 하고 인사를 한다. 나는 환경을 제대로 만들어주지 않아서 혹시나 죽으면 어쩌나 싶은 마음이 들어 자주 들여다본다. 모르던 존재였는데 조금씩 알아가다보니 더 마음을 쓰게 된다. 레디를 돌보면서 물고기가 잠을 자는 모습도 보게 되고, 하루 종일 혼자 심심하지 않을까? 괜한 걱정을 하기도 한다. 어젯밤엔 어항에 물거품 같은 것이 잔뜩 생겼는데 이게 뭐지? 싶어서 깜짝 놀랐다. 물이 더러워진 걸까 싶었는데, 검색해보니 베타는 번식과 영역표시를 위해 거품집을 만드는 특성이 있다고 한다. 수질 문제가 아니었던 것이다. 인터넷엔 나처럼 거품집 만드는 이유가 궁금한 사람이 올린 질문들이 많았다. 단순한 놀이로, 혹은 공간이 마음에 들어서 만들기도 한다는 글을 읽고, 나는 조금 안심했다. 레디가 이 공간을 편안하게 생각하는 것 같아서. 나무를 보며 모르던 것들을 배워가는 중이었는데, 이렇게 또 한 존재에 대해 배우게 되는구나. 인생은 배움의 연속이구나. 그렇지만 그게 꼭 싫지만은 않다. 물고기가 한방울 한방울 거품으로 만들어낸 집이라니. 세상에!

곁을 내어준다는 건 결국 이런 걸까. 때론 신기하고 때론 귀찮고 부담이 되지만, 놀랍고 재미있는 일. 배우고 걱정하고 안도하는 일. 곁을 내어주면, 함께 겪는 시간이 새롭게 태어난다. 그 시간 안에서 같이 울고 웃는 일이 가능해진다. 나는 함께 산다는 감각 속에서, 수초가 천천히 잎을 키우듯 가본 적 없던 방향으로 이토록 계속해서 자라는 중이다.

보고 싶은 마음

    나무는 정원이 스무명 정도인 가정어린이집에 다닌다. 나무네 반엔 여섯명 정도의 또래 친구가 있다. 아기 시절엔 친구라는 개념이 없어서 어린이집에 가도 주로 혼자 놀이를 하거나 선생님과 소통을 했는데, 두돌이 지날 무렵부터는 친구 이름도 외우고, 가끔 친구가 보이지 않으면 찾기도 한다. 만 3세가 다 되어가는 지금은 제법 대화를 주고받을 줄도 알게 되었다. 물론 발달단계상 아직까진 자기중심적인 성향이 더 강하다. 그렇지만 나무는 매일 배운다. 내 마음을 친구에게 표현하는 방법을, 다른 사람들과 함께 살아가는 방법을. 친구의 장난감을 뺏으면 친구가 속상해한다는 것, 친구와 함께 노는 게 더 재밌다는 것, 맛있는 과

자는 나눠 먹어야 한다는 것, 놀이터에서 좋아하는 그네를 타려면 순서를 기다려서 돌아가며 타야 한다는 것 등등. 그러다 머리로는 아는데 마음이 그만큼 따라주지 않아서 곤란함을 겪기도 한다. 어느 날은 하원 후 집에 와서 간식을 먹으며 내게 물었다.

　　ㅡ엄마, 친구 장난감 뺏으면 친구가 속상해?
　　ㅡ응, 장난감 뺏기면 속상하지.
　　ㅡ그런데 나무가 친구 장난감 뺏었어!
　　ㅡ(당황했지만 담담한 톤으로) 그래? 친구가 많이 속상했겠다.
　　ㅡ친구가 잉잉 하고 울었어.

　　나무는 천진하게 말했는데 순간 나는 고민했다. 나무는 내게서 어떤 말을 듣고 싶은 걸까. 어떤 방식으로 이야기를 해줘야 할까. 나는 친구가 우는 걸 보니 마음이 어땠느냐고 묻고, 친구에게 미안하다고 했느냐고 물었다. 나무는 그랬다고 했다. 다음엔 친구 장난감을 뺏은 대신, 친구야 내가 가지고 놀아도 돼? 하고 물어보라는 이야기도 덧붙였다. 나무는 알겠다고 했지만, 며칠 후 우리는 또 비슷한 대화를 했다. 양육자나 선생님에게 가이드를 받아도 아이는 그것이 어떤 의미인지 바로 알지 못한다. 비슷한 상황에서 내가 겪는 감정을 친구도 겪을 수 있다는 것을 연결하는 데 시간이 걸린다. 사회성을 기르는 일이 단번에 되지 않는다는 걸 어른인 나도 너무나 잘 알고 있다. 그러나 양육자의 위치에서 불안하고 조바심이 나는 건 어쩔 수 없는 일인 것 같다. 나는 종종 나무가 보이는 행동이 영원히 바뀌지 않을 것만 같아 불안감에 휩싸인다. 나무의 발달 과정과 상관없이 나의 불안이 지나치게 투영되지 않는지 살펴보고 분별하려 노력하는데도 잘 안 되는 경우도 많다. 그런데 놀라운 점은 아이는 변한다는 것이다. 아이는 멈춰 있지 않다. 그러니 아이가 변할 수 있다는 것을 믿어주는 힘을 기르는 것은 온전히 나의 몫이다.

　　모든 일이 다 그렇겠지만 내 마음을 언어로 정확하게 표현하고 상대방의 마음을 헤아릴 줄 알게 되는 일이 쉽지만은 않다. 아이만 그런 건 아닐 것이다. 나도 갈등 상황에서 내 마음을 온전히 표현하는 일에 여전히 어려움을 겪는다. 피할 수 있다면 최대한 피하고 싶은 순간이 한두번이 아니다. 그런데 나무를 보며 알게 되는 것은, 잘되지 않는 것을 두고 나는 원래 못한다고 덮어두는 것이 아니라 반복하고 또 반복하면서 시도를 멈추지 않는 것, 그러면서 구체적으로 알아가고 아는 것과 행동을 일치시키기 위해 마음을 써서 노력하는 것이 중요하다는 사실이다. 나무는 오늘도 친구의 장난감을 가지고 놀고 싶어서 손을 먼저 뻗었다가 "친구야, 내가 가지고 놀아도 돼?" 하고 말하는 연습을 한다. 마음이 앞서 친구를 밀거나 장난감을 먼저 빼앗았다면 "친구야 미안해" 하고 사과하는 연습도 함께.

*

두달 전쯤 나무네 반 친구 소민이가 이사를 가면서 어린이집을 그만두었다. 나무가 유난히 좋아하던 친구였다. 가끔 놀이터에서 만나면 나무는 무서워서 혼자 못 올라가는 높은 곳도 척척 올라가고는 "나무야! 얼른 와!" 하고 챙겨주던 친구였다. 이사를 간다는 소식을 듣고 나도 서운하던 참인데 나무는 오죽할까 싶기도 했다. 저녁을 먹다가 나무가 "엄마, 소민이가 오늘도 안 왔어" 하고 말했다. 나는 친구가 멀리 이사를 가게 되어서 이제 다른 어린이집에 다닌다고, 이제는 만날 수가 없다고 말해주었다. 다시는 만날 수 없다는 말을 나무는 어떻게 받아들일까, 그 말을 이해할 수 있을까, 싶은 생각에 나무의 등을 토닥여주었다. 나무는 한껏 시무룩한 목소리로 "엄마, 소민이가 보고 싶어"라고 말했다. 소민이가 보고 싶다는 그 말이 너무 절실하게 다가와서 나도 덩달아 섭섭한 마음이 커졌다. 나무는 그 뒤로도 며칠에 한번씩 말했다. 밥을 먹다가도 말하고, 잠자리에 누워 불을 끄고 난 깜깜한 방 안에서도 말했다.

　—엄마, 소민이가 보고 싶어. 그런데…… 멀리 이사 가서 이제 못 와?
　—응, 이제 못 와. 아주 멀리 이사 가서 다른 어린이집에 다닌대. 많이 서운해?
　—다른 어린이집에 다닌대? 이제 여긴 안 온대?

―응……

　나는 소민이를 못 보게 된 이유에 대해서 늘 처음 이
야기하듯이 말해주었다. 그러면 나무도 처음 듣는 이야기
인 것처럼 말을 이어갔다. 선생님 말로는 나무가 어린이집
에서도 종종 소민이가 이사를 갔느냐고, 안 오느냐고 물었
다고 했다. 상황을 다 아는데도 나무는 또 물었다. 몰라서
묻는 것이 아니라 친구를 보고 싶은데 볼 수 없는 마음, 그
런 서운한 마음이 들 때마다 확인하듯 물어보는 것 같았다.
　헤어짐이 슬픔이 되는 것은 '보고 싶은 마음'이 작동
하기 때문일 것이다. 세살 아이가 다시는 볼 수 없는 친구
를 보고 싶어하는 마음을 나는 온전히 가늠할 수 없을 것
같다. 그 마음의 깊이가 얼마나 깊은지, 쉽게 사라지지 않
는지. 나는 나무가 그 마음을 스스로 달래기 위해 "소민이
가 보고 싶어" 하고 자주 말한다는 생각도 들었다. 나무에
게는 친밀한 사람과의 최초의 이별이기도 하니까. 태어나
서 처음 배우는 이별이기도 하니까.
　그리고 문득 궁금해진다. 사람들은 최초의 이별의 순

간을 기억하고 있을까. 속상하고 서운한 자신의 마음을 어떻게 달래고 겪어냈는지 기억할까. 그리고 여전히 현재의 이별들 앞에서, 영원히 헤어진다는 감각을 어떻게 감당해내고 있을까. 내 최초의 이별의 순간은 언제였을까. 이별의 순간을 생각하다보니 동시대에 살고 있어도, 같은 시공간에 있어도 다시는 볼 수 없게 된 수많은 얼굴이 스쳐 지나간다. 이제는 이곳에 없다고 여겨지는 사람의 얼굴도. 여전히 두 손을 꼭 잡아주고 싶은, 다정하고 따뜻한 목소리로 보고 싶었다고, 말하고 싶은 사람의 얼굴이.

보고 싶어서

....

토요일에 바람이 많이 불더니 갑자기 추워졌다. 지지난 주엔 봄날 같았는데 갑자기 강풍이 부는 겨울로 돌아갔다. 미술관에 차를 대고 내가 카페에서 작업을 하는 사이 나무와 남편은 길 건너에 있는 국립민속박물관 어린이박물관에 다녀왔다. 그 차도를 건너는 동안 찬바람을 맞았는지 자기 전까지 멀쩡히 놀았는데 한밤중에 열이 38.5도를 넘어가고 있었다. 너무 놀라 해열제 하나를 먹이고 밤새 선잠을 잤다. 다음 날도 계속 고열이 나서 병원에서 약 처방을 받았다. 다행히 남편이 쉬는 날이라서 함께 있었다. 나는 마무리해야 하는 일이 너무 많아 발을 동동 구르다가 오후쯤 짐을 챙겨 카페로 나갔다. 카페에 있는데도 나무가 아

프니 도무지 집중이 되지 않았다. 남편이 계속 나무의
상태를 체크해 메시지를 보내줬다. 대충 일을 정리하
고 저녁 시간이 조금 지나 집으로 갔다. 나무는 오한
이 나는지 이불을 둘러 싸매고 있었다. 이제껏 감기에
걸렸을 때 고열은 있어도 오한은 없었는데, 독감 증상
인 건 아닌지 걱정이 되었다.

"엄마 왜 이렇게 일찍 왔어? 일 끝났어?"

"나무가 눈에 밟혀서 일찍 왔어."

"눈에 밟히는 게 뭐야?"

"계속 생각나고 눈에 아른거린다는 말이야."

잠시 생각하던 나무가 조금 있다가 단단한 목소리로
말했다.

"엄마, 나무가 보고 싶어도 참아야지."

"왜?"

"나도 엄마 보고 싶어도 참았으니까."

제자리 뛰기 연습

　날씨가 제법 추워졌다. 밖에 나가기 전에 나무에게 오늘 날씨가 무척 추워, 라고 말해주면 눈 와? 하고 묻는다. 그림책에서 눈이 오는 장면, 눈사람을 만드는 장면을 보고는 언제 눈이 오냐고 자주 물었다. 날씨가 아주 추운 겨울이 되면 눈이 온다고 이야기했더니, 춥다는 말만 들으면 눈이 오냐고 묻는다. 오늘은 눈이 안 오지만 곧 올 거야, 하고는 눈이 오면 같이 눈사람을 만들자고 했더니 나무는 알겠다는 듯이 응, 하고 대답한다.

　나는 겨울을 좋아한다. 반드시 그런 건 아니지만 사람들은 대부분 자기가 태어난 계절을 좋아하는 것 같다. 여름을 유독 좋아하는 친구에게 태어난 계절을 물어보면 여름에 태어난 경우가 많았고, 겨울도 마찬가지였다. 겨울을 좋아하는 나도 겨울에 태어났다. 신기하다. 태어나 처음 겪는 계절이 무의식적으로 친근하게 각인되는 걸까? 누군가 과학적으로 증명해주면 좋겠다.(웃음) 내가 겨울을 좋아하는 이유는 추위보다는 따듯하다는 감각 때문이다. 춥기 때문에 몸과 마음을 따듯하게 만들어주는 것이 겨울엔 참 많다. 장갑이나 목도리, 털모자, 난로, 두꺼운 이불, 보일러, 레몬차가 담긴 잔. 이런 것들을 떠올리면 포근하고 따듯한 기분이 든다. 코끝을 찡하게 만드는 차가운 공기도 좋아하지만, 추위를 따듯한 것으로 만들어주는 물건들 때문에 겨울을 더 좋아하게 된 것 같다. 나무도 겨울이 좋을까? 이제 사계절을 세번 겪은 나무는 어떤 계절을 가장 좋아할까. 눈을 기다리는 지금은 겨울을 가장 좋아한다고 말할지도 모르겠다.

　　얼마 전엔 나무를 데리고 한강 공원에 갔다. 나무가 한강에서 배 구경하는 걸 좋아하기 때문이다. 한강 근처의 한 카페에 가면 강변에 묶여 있는 오리배를 볼 수 있다. 운이 좋으면 누군가 모터보트를 타는 모습도 볼 수 있다. 그

곳엔 경찰배도 있다. 그야말로 나무가 좋아하는 모든 것이 있는 곳이다. 주말에 어디 가고 싶냐고 물으면 꼭 한강에 가고 싶다고 말한다. 날씨가 더 추워지기 전에 한번 더 가자, 하고 집을 나섰다. 그날은 킥보드도 챙겼다. 아직 잘 타지는 못하지만 관심을 보이기에 연습시킬 겸 가지고 갔다. 공터에서 킥보드를 보자마자 나무는 신이 났다. 그러나 자신의 흥과는 무관하게 몸이 잘 따라주지 않았다. 아직은 몸을 제 의지대로 자유롭게 움직이지 못한다. 그러나 나무는 아랑곳하지 않고 킥보드를 손으로 끌고 다녔다. 타는 것보다 끌고 다니는 걸 더 좋아하는 것 같기도 했다. 킥보드 위에 올라갔다 내려갔다 하며. 그 모습이 위태로워 보이기도 하고 즐거워 보이기도 했다.

킥보드를 가지고 한창 놀고 있는데, 일곱살 정도 되어 보이는 아이가 부모와 함께 연을 날리는 모습이 눈에 들어왔다. 커다란 독수리 연이었다. 나무는 그것을 보자마자 누가 말리기도 전에 얼레가 있는 곳으로 뛰어갔다. 아이와 부모에게 양해를 구했더니 흔쾌히 해보라고 했다. 나는 혹여나 나무가 실을 제대로 당기지 못해 연이 떨어질까봐 걱정이 되었다. 그래서 얼레를 처음 만져본 나무를 옆에서 도와주다가 얼른 주인에게 돌려주었다. 다시 자리로 돌아와 킥보드를 타려는데, 연에 꽂힌 나무가 다시 얼레가 있는 곳으로 전력 질주했다. 나는 당황하여 여기서 이러면 안 된다고 나무를 말렸지만 나무는…… 그야말로 막무가내였고 다시 자리로 돌아와 놀다가 또 뛰어가기를 여러번 반복했다. 그러자 연의 주인인 아이가 내게 조용히 다가와 속삭이듯 말했다. "저기, 편의점에 가면 연 살 수 있어요." 나는 어린아이의 배려심과 현명함에 놀랐다. 나무가 계속해서 연을 날리고 싶어하는 마음을 이해하는 동시에 자기도 방해받고 싶지 않은 상황에 대처하는 가장 현명한 방법이었다. 아이에게 알려줘서 고맙다고 말하고 그길로 편의점에 가서 연을 샀다. 나비 연이었다. 나무는 신이 나서 마음껏 연줄을 당겼다 풀었다. 물론 잘되진 않았다. 줄이 너무 느슨하게 풀려 자꾸 떨어질 것 같았다. 나무는 아는지 모르는지 얼레를 이리저리 돌렸다. 바람이 너무 세차게 불어서 연날리기에는 좋았지만, 밖에 오래 있기는 어려운 날씨였다. 이제 집에 가자고 나무를 타이르고 연을 차 트렁크에 실었다. 집에 오는 길에 나무가 한껏 상기된 목소리로 말했다. "엄마, 오늘 연날리기 했지? 다음에 또 하자!" 그 목소리를 들으니 내 기분도 나무처럼 들떴다. 조금씩 더 연습하다가 나중엔 혼자 연줄을 감았다 풀었다 할 나무의 모습이 상상되었다. 연을 떨어뜨리더라도, 또 날리면 되니까.

*

아이가 자랄 때 인지적인 부분과 마찬가지로 몸의 균형감각을 발달시키는 것도 정말 중요하다. 누워만 있던 아기의 근육이 점점 발달하여 앉고 일어서고 걷게 되는 모든 과정 속에서 몸은 성장한다. 손가락을 써서 숟가락질을 혼자 할 수 있게 되는 것, 스스로 옷을 벗고 입게 되는 것도 모두 연습을 통해 가능해진다. 내가 너무나 자연스럽고 당연하게 취하는 모든 동작을 아이는 꾸준한 연습을 해야 가능해진다. 가령 의자에 앉는 것. 나무가 난생처음 제 몸에 맞는 의자에 앉을 때, 처음엔 무서워서 앉질 못했다. 어느 정도 엉덩이를 내려야 의자에 닿는지 감각하기 어려워했다. 의자에 앉는 것처럼 사소해 보이는 동작도 모두 연습하고 몸의 감각을 익혀야 가능한 것이었다니. 일상생활을 이루는 모든 동작이 처음부터 잘할 수 있는 것이 아니었다니. 생각해보면 당연한 사실인데도 처음에는 당연하게 받아들여지지 않았다. 의자에 앉는 것도 익숙해져야 무서워하지 않을 수 있다니!

*

　나무가 지금까지도 열중해서 노력하는 동작이 있다. 바로 제자리 뛰기다. 두 발을 모아서 제자리에서 점프해보는 것. 처음엔 내가 손을 잡고 도와줘도 잘되지 않았다. 두 발을 동시에 공중에 뜨게 하는 것이 어떤 감각인지 알지 못했기 때문이다. 제자리 뛰기가 대근육 발달에 좋다고 하여 연습을 해보자고 한 것인데, 그날부터 나무는 누가 시키지도 않았는데 매일 제자리 뛰기를 연습했다. 내게 손잡고 도와달라 하기도 하고, 혼자서 하기도 했다. 혼자서는 한 번 뛰고 넘어지기 일쑤였다. 그런데 실망하는 기색이나 힘들어하는 기색이 없었다. 놀다가도 생각나면 한번씩 뛰며 연습했다. 그렇게 한참의 시간이 흐르고 난 어느 날, 나무가 혼자서 점프를 했는데 넘어지지도 않고 완벽하게 착지했다. 나는 나무에게 외쳤다. "나무야! 이제 제자리 뛰기 할 수 있네?" 나무는 내 말에 신이 나서 연거푸 제자리 뛰기를 했다. "계속 연습하니까 할 수 있게 됐네!" 하고 말하자 나무는 또다시 힘차게 제자리를 뛰며 "응!" 하고 대답했다.

　못한다는 실망감 없이, 좌절 없이, 그저 할 수 있을 때마다 연습을 하는 나무를 보며 세상의 모든 일이 사실 이와 같은 것이 아닐까 생각했다. 나는 좌절하고 낙담하느라 너무 많은 시간과 에너지를 쏟을 뿐 정작 뛰어드는 일엔 소극적이었던 것은 아닐까. 스스로를 비하하지 않고 지금의 나를 있는 그대로 인정하고, 그리고 날마다 조금씩 연습해보는 것. 넘어지면 내일 또 해보면 되는 것. 그렇게 생각하니 무겁게 나를 짓누르던 부담감이 조금은 덜어지는 기분이 들었다. 낯선 몸의 감각을 매일 연습하여 익숙해지는 나무처럼 낯설고 어려운 삶의 문제를 매일 연습하는 기분으로 시도해보겠다고, 다짐해본다. 나의 두려움이 거대한

코끼리가 되어 나를 짓누르려고 할 때, 나무의 작은 손가락
과 야무진 두 발을 생각하며 시도해보겠다고.

구름과 모름

　　어제는 눈이 왔다. 바람도 함께 불어 눈은 마치 사방에서 쏟아지는 것처럼 보였다. 이런 날엔 우산을 쓰는 것이 무의미하다. 나는 점퍼에 달린 모자를 쓰고 걸었다. 이렇게 한꺼번에 쏟아지는 눈은 오랜만이다. 지난겨울 눈이 펑펑 쏟아지던 날, 나무와 함께 주차장 옆에서 눈사람을 만들었던 게 떠올랐다. 윗집에 사는 삼남매가 눈으로 오리를 만들 수 있는 집게를 가지고 나와 나무에게 하나를 주었다. 나무는 눈오리를 손바닥 위에 올려둔 채 움직이지 않았다. 움직이면 눈오리가 떨어질 것 같아서 그랬던 것 같다. 눈오리를 들고 눈을 맞고 있는 나무가 너무 귀여워서 나는 연신 사진을 찍었다. 그러나 아무리 조심해도 눈오리는 금세 망가졌다. 다시 만들면 돼, 하고 나무를 달래서 집에 들어왔던 기억. 눈이 옷 위로 온통 쌓여서 한참을 털었던 기억. 그런 기억 속에서 내리는 눈을 보며 걸었더니 작년에 내린 눈과 지금 내리는 눈이 겹쳐 보였다. 눈이 쌓이려나? 싶었는데 눈은 내리자마자 녹았다. 눈이 쌓이기엔 따듯한 날이구나, 혼자 생각하고선 재미있다고 생각했다. 이렇게 추운데 따듯한 날이라는 말을 쓰게 되다니. 나는 쌓이는 눈도 좋지만 내리자마자 녹는 눈도 좋아한다. 내내 환할 것처럼 굴다가 이내 사라져버리는 것에는 나름의 매력이 있다.

눈이 오려고 해서 그랬던 것인지 며칠 동안 날이 흐렸다. 구름은 낯빛을 자주 바꾸며 이후에 있을 일을 예측하게 한다. 비나 눈이 올 것인지 날이 다시 갤 것인지. 아주 맑은 날엔 제 모습을 아예 감추기도 하면서. 그러나 예측이라는 것은 어디까지나 미리 짐작해보는 것이지 다가온 미래와 항상 일치하지는 않는다. 비가 올 것처럼 잔뜩 흐리다가 이내 맑게 개기도 하고, 햇볕이 쨍쨍하다가 갑자기 소나기가 내리기도 한다. 어쩌면 구름은 미래가 예측과는 다를 수 있다는 가능성까지 품고 있는 얼굴을 가진 것도 같다. 그렇게 엇나가는 예감만으로 몸을 부풀리는 구름도 있을 것이다.

그런 구름의 모습은 아이를 키우는 일과 닮아 있다. 나는 아이와 보내는 대부분의 시간을 엇나간 예감과 예측으로 몸을 부풀린 구름처럼 살고 있는지도 모르겠다. 나무의 행동은 내가 예상하지 못하는 지점까지 나아가는 경우가 많고, 나무가 어떤 행동을 보일 때 왜 그러는지 알 수 없어 당황스러운 경우가 정말 많다. 생각을 해보아도 여전히 '모르겠음'의 상태가 되는 일상 속에서, 이해가 되지 않아 화를 내거나 단념하지 않으려고 나는 날마다 애를 쓴다. 며칠 전엔 나무가 친구와 잘 놀다가 갑자기 웃으며 친구 얼굴을 때렸다고 어린이집에서 연락이 왔다. 앞뒤 정황상 그럴 만한 이유를 선생님도 모르겠다 했고, 나무에게 물어봐도 "모르겠어요"라고만 대답했다고 했다. 집에 돌아온 나무에게 다시 물어보았다. 예측할 수 있을 만한 이유를 들며 묻기도 했다. 그런데 나무는 한참 대답을 피하더니 또다시 모르겠다고만 했다. 더이상 말하고 싶지 않다고도 했다. 세 살 아이가 말하고 싶지 않은 기분도 알다니 잠시 놀라웠으나 더는 묻지 않았다. 나는 이런 상황이 닥칠 때면 어디까지를 발달의 보편적 특성으로 봐야 하는지, 양육자가 개입해야 하는 개별적인 상황으로 봐야 하는지 '모르겠음'의 상태가 된다. 모르는 상태는 불안을 불러일으킨다. 나는 불안에 잠식되지 않기를 원한다. 그건 내 불안을 가라앉히기 위해 잘못된 선택을 하거나 쉽게 결론에 도달하려고 합리화하게 될까봐 두렵기 때문인 것 같다. 나는 나무가 어떤 행동을 보일 때 그것을 '해결해야 할' 문제 행동으로 생각하고 싶지 않다. 나무도 알지 못하는 마음이 눈에 보이는 것으로 나타나는 것이라 여기고 판단하지 않는 눈으로 보고 싶다. 그러나 그건 참 어려운 일이다. 잘 되지 않는다.

'모르겠음'의 반대편에는 언제나 '알고 싶음'이 존재한다. 나는 정말 알고 싶다. 나무의 마음, 그리고 나의 마음을. 더 많이 이해해주는 사람이 되고 싶다. 그래서 어떤 마음과 태도로 대해야 현명한지를 많이 고민한다. 모르겠음. 모르겠음. 사방에서 쏟아지는 눈을 맞으며 앞으로, 앞으로만 걷고 있는 것 같다. 가끔 눈이 멈추면 고개를 돌려 하얗게 빛나는 세상을 보고 감탄하기도 하면서. 눈 위에 찍혔다가 눈이 녹으며 사라진 발자국을 보면서.

날이 흐리니까 몸이 무거워지고 마음이 가라앉는다. 마음은 어디까지 가라앉을 수 있을까. 발아래, 마음은 내가 가늠할 수 없는 곳까지 가라앉기도 하는 것 같다. 마음이 가라앉는다고 생각하는 것도 나의 착각일지 모르겠다. 마음은 한곳에 머무르지 않고, 그렇다고 부유하지도 않고, 어딘가 있는 것 같다. 대체 어디에 있는 것인지 알 수 없는 곳에. 어쩌면 내 마음은 지금 어딘가에서 사방에서 쏟아지는 눈을 맞고 있는 중인지도 모르겠다.

어린이집에 갈 준비를 하던 나무가 창밖을 한참 보더니 내게 묻는다. "엄마, 오늘 날이 흐리네. 날이 안 좋아?" 내가 날이 흐리다고, 오늘은 날이 안 좋다고 했던 말을 기억했다가 적절하게 표현하는 나무가 놀라웠다.(이래서 사람들이 제 자식을 천재인 줄 알게 되나보다.) 그리고 내가 자주 하는 말을 나무의 입을 통해 다시 들으니 기분이 이상했다. 날이 흐린 것이 꼭 안 좋은 것만은 아닌데. 나는 왜 그렇게 연결해서 생각했던 걸까. 이런 생각을 하면서도 나무에겐 또 이렇게 대답했다. "응, 날이 흐려. 날이 아주 안 좋아. 그러니 옷 든든하게 입고 나가자." 나무는 아는지 모르는지 신이 나서 제자리 뛰기를 한참 하다가 옷을 입었다. 다 알 수 없지만 알고 싶고 알려고 하는 마음은 좋아하고 사랑하는 마음과 다르지 않다. 오늘도 나는 나무를 다 알 수 없어서, 모르겠어서, 조금 더 사랑하는 쪽으로 몸을 움직여본다. 든든하게 옷을 입고서.

사랑해서

·······················

할머니가 나무에게 유과를 주었다. 나무가 신이 나서
내게 묻는다.
"엄마, 할머니가 나무 사랑해서 주는 거예요?"
나는 그렇다고 대답해주었다. 그러자 내게 업히더니
말한다.
"엄마 사랑해서 안는 거야."
나는 웃으며, 엄마도 나무를 사랑해서 업어주는 거라
고 말했다.

손에 꼭 쥔 것

　　나무는 아주 좋아하는 것이 생기면 손에 꼭 쥐고 잔다. 주로 마음에 드는 장난감을 선물받았을 때 그러는데, 처음 손에 쥐고 잔 것은 「고고다이노」라는 애니메이션에 나오는 '핑'이라는 캐릭터 장난감이었다. 핑은 프테라노돈 공룡 로봇이면서 비행기로 변신할 수 있는 장난감이다. 작은 장난감이지만, 나무가 손에 쥐면 절반 정도를 쥘 수 있는 크기다. 종일 가지고 놀다가 급기야 잠잘 때도 쥐고 있고 싶을 만큼 무언가를 좋아하는 마음이 귀엽기도 하고 신기하기도 했다. 그때가 나무가 두돌이 좀 지난 무렵이었는데 그 뒤론 별로 본 적이 없는 모습이다. 그러다 최근에 크리스마스 선물로 사준 미니카를 받고선 밤에 잠자리에 들면서 내게 말했다. "엄마 나 이거 방에 가지고 들어갈 거야. 같이 잘 거야." 나는 미니카를 가지고 자다가 혹여나 얼굴을 긁힐까봐 걱정이 되었다. 그러나 나무가 손에 쥐고 잔다고 할 땐 아무리 달래고 설득해도 소용이 없다. 잠들고 나면 잘 챙겨두는 수밖에. 미니카는 나무의 손에 꼭 맞았다. 나무는 한껏 상기된 얼굴로 이불 위에서 카페 놀이, 병원 놀이, 자동차 운전 놀이를 모두 하고 나서야 잠이 들었다. 잠든 나무의 얼굴을 쓸어주며 나는 미니카를 방 한쪽에 치워두었다. 다음 날 아침 나무는 눈 뜨자마자 내게 물었다. "엄마! 미니 자동차 어디 갔어요?" 나는 네가 다칠까봐 잘 치워두었다고 말하곤 나무에게 다시 주었다. 자기 직전까지 쥐고 있다가 눈뜨자마자 찾는 무엇. 그런 맑은 열망을 보고 있자니 아주 날 것 같고 신선하게 느껴졌다.

　　내게도 그런 열망의 대상이 있었을 텐데. 무엇이었을까? 하나 떠오르는 것이 있다. 여덟살 정도 되었을 때 엄마랑 문구점 앞을 지나는데 통유리창 너머로 침대가 들어 있는 마론인형 세트가 보였다. 그걸 본 순간 갖고 싶은 마음이 한껏 일어서 엄마에게 사달라고 졸랐다. 가격도 기억이 나는데 지금 생각해도 당시 시세로는 너무 비싼 금액이었다. 엄마는 사줄 돈이 없다고 했다. 나는 엄마가 왜 못 사주는지 알면서도 집에 가서도 인형을 사달라고 노래를 불렀다. 계속 울면서 노래를 부르면 엄마가 결국 사주지 않을까 기대하면서. 노래는 내가 가사를 지어 아무렇게나 음을 붙여 부른 것이었는데 "인형 하나만 사주면 참~ 좋겠다"가 가사의 전부였다. 자기 전에도 그 노래를 부르다가 잠들었다. 전에는 그런 적이 없었는데 그때 유독 떼를 썼다고, 엄마는 훗날 내가 성인이 되고 나서도 그때 이야기를 했다. 그게 내 기억 속 처음이자 마지막으로 엄마를 졸라댔던 일이다.

　　자라면서 나는, 살아가는 일은 열망을 겹겹이 쌓아두는 것이 아니라 포기하고 비워내야 하는 것이라고 자주 생각했다. 무언가를 열렬하게 바라면 그와 비례하게 실망하고 속이 상하는 탓에 마음을 비우고 아무것도 바라지 않는 쪽을 택하며 살았던 것 같기도 하다. 내가 무언가를 바라기 시작하면 그것이 금세 상해버리기라도 할 것처럼 생각하면서. 내가 바라는 무언가를 얻게 된다면 행운이고, 얻지 못하는 것이 기본값이라고 여기면서 스스로를 다독였다. 그렇게 다독이다보니 내가 진짜로 마음을 비운 사람이라고 착각하며 살기도 했다. 나조차도 내게 깜빡 속으면서, 내 속마음을 잘 모르는 채로 살기도 했다. 그걸 알아차리게 된 '웃픈' 일화가 있다.

　결혼을 다소(?) 일찍 했는데 아이가 바로 생기지 않았다. 생기면 낳고 아니면 어쩔 수 없지, 하고 생각했다. 너무 간절하게 바라면 될 일도 안 될 것 같고 무언가를 바란다는 것은 기대가 생긴다는 것인데, 그 기대가 좌절되는 순간을 겪는 일이 너무나 힘들었기 때문이다. 그러다 나중엔 정말로 아이 없이 사는 삶을 구체적으로 생각했다. 지금의 삶과 다른 것을 딱히 원하지 않는다고 여겼다. 나이도 점점 많아지고, 내가 어떤 선택을 한다고 해도 그건 자연스러운 일이었다. 그때 다른 이유로 잠깐 심리상담을 받으러 다녔는데, 상담 선생님께 이렇게 이야기했다. "선생님, 저는 이제 아이가 생기지 않아도 될 것 같아요. 꼭 원하는 것 같지도 않아요." 내 이야기를 한참 듣고 나서 선생님은 말했다. "음…… 누구보다 아이를 원하는 사람 같은데요?" 상담이 끝나고 집으로 오는 길에 나는 벙쪘다. 그래 정말 '벙쪘다'는 표현이 딱 맞는 것 같다. 얼이 빠진 사람처럼 이게 대체 무슨 일이지? 하고 생각했다. 그러고선 한참 동안 내 마음을 들여다보았다. 선생님의 말대로, 나는 정말 아이를 너무나 간절히 원하는 사람이었던가? 생각하고 또 생각해보니 그 말이 맞는 것 같았다. 상처받는 것이 싫어서 일부러 아니라고 생각하고, 너무 오랫동안 아니라고 생각해서 나조차도 내 마음에 대해 오해하고 있었다는 걸 인정했다. 인정하고 나니 마음이 한결 편했다. 내가 원하지 않는다고 여겼던 것을 사실은 아주 많이 원하고 있었다고 솔직하게 들여다보는 일은 마음을 덜 복잡하게 했다. 얼마 후에 나무가 생겼다. 그리고 나무가 태어났다.

내가 꼭 쥐고 있었으면서 손에 아무것도 없다고 생각하던 시간들. 차라리 지금의 나무처럼, 미니 자동차를 가지고 잘 거라고 솔직하게 대면하는 삶을 살았다면 어땠을까. 지금도 나는 가지고 싶고 얻고 싶은 것이 있어도 그 마음을 외면하느라 마음을 온통 허비하며 산다. 무언가를 욕망하는 것은 아주 자연스러운 일인데, 마치 그러면 속물적인 사람이 된 것처럼 여기며 회피하려고 하는 때가 많다. 아무 것도 바라는 것이 없는 삶보다 내가 무엇을 바라고 무엇을 갖고 싶고 무엇이 되고 싶은지 정면으로 대면하는 것이 훨씬 건강한 삶이다. 그게 더 자연스러운 삶의 모습 같다. 손에 쥔 것을 놓을 줄 아는 사람은 우선 무엇을 쥐고 싶은지 알고 있는 사람이다. 마음을 비운다는 것은 내 속마음을 더 알아가는 것과 같다. 욕망도 투명하게 바라보고 표현하는 사람이 되고 싶다. "엄마, 운반차 갖고 싶어요." "나는 엄마랑 잘 거예요"라고 오늘도 맑게 말하는 나무처럼.

나무의 장래희망 변천사

1.

"나무야 너는 나중에 커서 뭐가 되고 싶어?"

"음~~ 백두산!"

"왜?"

"백두산만큼 크고 싶어!"

2.

"나무야 나중에 커서 어떤 사람이 되고 싶어?"

"음~~ 테리지노사우르스!"

"그래? 왜 테리지노사우르스가 되고 싶어?"

"멋지잖아!"

3.

"엄마 나도 당근이 되고 싶어."

"당근? 당근이 되어서 뭐 하고 싶은데?"

(머리를 숙이고 엉덩이를 치켜올리는 자세를 하더니)

"이렇게 하고 싶어."

"당근처럼 서 있고 싶다는 얘기야? 그렇구나. 엄마는 구름이 되고 싶어."

"구름?"

"응, 구름 되어서 흘러다니고 싶어."

"히히. 나는 당근 되고 싶고, 엄마는 구름 되고 싶고!"

나무가 되고 싶은 것엔 한계도 편견도 없다. 내가 되고 싶은 것은 무엇일까. 나는 되고 싶다는 생각에 앞서 늘 현실을 먼저 생각하는 것 같다. 가능할까? 하고. 가능하지 않다면 애초에 소망하지 않으려는지도 모르겠다. 가능함을 누가 확신할 수 있을까. 가능하지 않다고 생각했는데 가능해지는 것들을 지금껏 많이 경험했음에도 나는 여전히 '가능'에 대해 인색하다.

처음 겪는 몸

      얼마 전부터 필라테스를 시작했다. 나는 운동이라곤 도통 해본 적이 없는 비루한 몸뚱이를 가지고 있는 사람이다. 할 수만 있다면 평생 운동을 안 하고 싶었다. 그런데 이제는 운동을 안 하는 것을 선택할 수 없는 시기가 되었다. 내 또래들은 살기 위해 운동을 한다던데 그 말이 맞는 것 같다. 나는 살기 위해 필라테스를 시작했다. 뭐든 새로 시작하는 것을 어려워하는 사람이라 막상 문을 열고 들어가 결제를 하기까지 너무나 오랜 시간이 걸리긴 했다.(결심을 한 이후로 1년 정도 걸린 것 같다. 하핫) 상담을 하러 갔더니 필라테스 선생님이 운동을 해본 적 있느냐고, 얼마나 해봤느냐고 물었다. 나는 요가원에 두달 다닌 것이 전부이고 그조차도 4년 전이라고 대답했다. 선생님은 알 수 없는 미소를 지으며 나를 지그시 바라보았다.

운동을 너무나도 하기 싫어하는 내가 운동을 해야겠다고 결심하게 된 것은 최근에 자주 아팠기 때문이다. 원래도 그다지 좋지 않던 체력과 면역력이 말도 못하게 약해졌다. 육아와 일을 병행하다보니 아무래도 몸이 버텨주지 못한다는 생각이 들었다. 나무는 아직 세돌 전이라 면역력이 약하고 어린이집 생활을 하다보니 감염병에 취약하다. 지난 추석쯤엔 수족구에 걸렸는데, 처음 겪는 증상이어서 처음엔 수족구인지도 몰랐다. 입술 주변에 하얀 발진이 생겼는데 피곤해서 생기는 구내염인 줄 알았다. 수족구가 무서운 이유는 고열을 동반한다는 것이다. 열이 내리면 손발에 발진과 수포가 생긴다.

아픈 나무를 돌보다가 며칠 후에 내 몸에서 고열이 오르는 것을 느꼈다. 38도가 넘어갔다. 살면서 38도가 넘은 경우는 코로나19에 걸렸을 때밖에 없어서 처음엔 코로나19인 줄 알았다. 수족구는 면역력이 약한 아이들만 걸린다고 알고 있었기 때문이다. 열이 내리니 손발, 입, 귀 주변으로 발진과 수포가 생기고 터지기를 반복했다. 발바닥에 생긴 발진 때문에 걸을 때마다 아팠다.(다행히 나무는 발진이나 수포 없이 수족구를 앓고 회복했다.) 나무를 데리고 소아과에 갔다가 내 증상을 이야기하니 의사가 웃으며 말했다. "아이고 어머니~ 이게 무슨 일이에요." 간혹 면역력이 약한 부모가 옮는 경우도 있다고 했다. 그런데 흔한 경우는 아니라고. 그 뒤로도 나무가 아프면 며칠 뒤 곧바로 내가 아팠다. 감기에 걸리면, 감기에 옮았다. 아이들이 걸리는 감기 바이러스는 종류도 굉장히 많다. 세상에 이렇게나 다양한 바이러스가 있다니.

필라테스 선생님은 내 몸 어느 한곳도 자세가 바른 곳이 없다고 말했다. 왼쪽 어깨와 골반은 올라가 있고, 거북목과 라운드숄더가 심하고, 척추뼈가 일자이며, 무릎이 아플 수밖에 없는 형태로 근육을 쓴다고 했다. 발목도 돌아가 있다고. 그 말을 들으며 생각했다. 이 정도면 운동이 아니라 치료를 받아야 하는 것이 아닐까? 그렇지만 우선은 몸의 균형을 되찾고 그 균형을 유지할 수 있는 근육을 만드는 것을 목표로 해야지. 짧은 시간이지만 운동을 하며 몸을 쓰는 시간이 생기니 일상에도 활력이 생기는 것 같다. 시를 배울 때, 글을 쓰려고 앉아 있는 시간이 많을수록 몸을 쓰는 시간도 그만큼 있어야 균형이 맞는다고 했던 이원 선생님의 말씀이 문득 떠올랐다. 당분간은 몸의 균형을 찾는 일에 집중해보고 싶다. 갈비뼈를 잠그라는 필라테스 선생님의 말에 맞게 갈비뼈를 잘 잠그고 싶다.

사실 나도 나이지만, 나무가 자주 아파서 겁이 날 때가 많다. 감기처럼 익숙한 증상을 보일 때도 더 심해지지 않을지 걱정되지만, 처음 겪는 증상을 보일 때면 긴장하게 된다. 최근엔 장염에 걸렸는데 구토 증상이 심했다. 장염은 처음 겪는 것이라서 우선 인터넷에서 정보를 검색해보았는데 오히려 너무 많은 정보 때문에 혼란스러웠다. 그래서 육아 중인 친구에게 물어보니 탈수 증세까지 있으면 먹는 링거가 효과적이라고 추천해주었다. 다행히 탈수 증세까진 보이지 않았고, 곧잘 놀았다. 그런데 장염 이후 극심한 변비가 생겼다. 자주 배가 아프다고 해서 어느 날엔 배를 만져보다가 깜짝 놀랐다. 아랫배에 딱딱한 무언가가 분명하게 만져졌다. 나무는 장염을 앓을 때보다 변비일 때 더 아파하고 축 처져 있었다. 놀지도 않고 계속 누워 있으려고만 했고, 밥도 잘 먹지 않았다. 병원에서 변비약을 처방받아 먹였는데, 그날 저녁에 나무는…… 울면서 응가를 했다. 딱딱하게 굳은 변이 잘 나오지 않았기 때문이다. 한참을 힘주고 울고불고 대성통곡을 하다가 겨우 볼일을 다 보고 나서야 나무는 다시 살아나서 내게 말했다.

　　—엄마, 나 응가하느라 고생했어.
　　—그래, 정말 고생했다!
　　—나 이제 너무 시원해.

　　나는 나무의 뺨에 묻은 눈물을 닦아주었다. 삶은 정말 무엇 하나 쉬운 것이 없다. '잘 먹고 잘 자고 잘 싸는 것만으로도 복이다'와 같은 간명한 진리를 더 믿게 된다.
　　나무는 첫 아이이고 나는 초보 양육자이다보니 아이가 아프거나 평소와 다를 때 우왕좌왕하는 경우가 많다. 겁이 나는 순간도 많지만 황당하고 웃긴 순간도 많다. 초보 양육자에겐 아기의 일거수일투족이 크게 다가온다. 볼에

난 아주 작은 트러블 하나도 세상이 무너지는 듯한 심각한 문제처럼 느껴진다. 게다가 나처럼 예민하고 겁이 많은 사람에겐 더더욱 그렇다. 나무가 돌 무렵 처음으로 일어서려고 할 때, 중심을 잘 잡지 못해 기우뚱하다가 얼굴을 바닥에 부딪혀 입안에 피가 난 적이 있었다. 나무 인생에서 처음 본 선명한 피였다. 입안이 찢어진 것은 아닌지 너무 걱정되어 당장 나무를 안고 병원으로 달려갔다. 나무의 상태를 보던 의사는 태연한 얼굴로 말했다. 입안에 난 상처는 금방 낫는다고, 처방해줄 약이 없으니 그냥 돌아가셔도 된다고. 한번은 이런 경우도 있었다. 나무가 통잠을 자고 돌이 지나면서는 밤잠을 잘 때 기저귀에 대변을 본 일이 없었다. 그런데 어느 날 분명 자고 있는데 냄새가 나서 살펴보니 자다가 대변을 싼 것이 아닌가! 때마침 검진을 받아야 해서 병원에 간 김에 의사에게 물었다.

　―아이가 자다가 갑자기 똥을 쌌는데요. 뭔가 문제가 있는 걸까요?

　―아…… 똥이요……? 낮에 평소보다 많이 먹었나보죠?

의사는 이런 양육자를 얼마나 많이 겪을까. 나처럼 황당한 질문을 하는 경우를.

한번은 안과에 간 적도 있었다. 나무가 자꾸 정면으로 보지 않고 고개를 돌려 옆으로 보는 경우가 많았기 때문이다. 왜 그럴까 이유를 알 수 없어서 또 인터넷에서 폭풍 검색을 했다. 너무 많은 정보를 보다가 사시일까 싶어 동네에서 소아안과로 유명한 병원을 찾아갔다. 병원엔 아이들이 아주 많았다. 의사는 한참 나무의 상태를 확인하더니, 지극히 정상이라고 했다. 유아들이 일시적으로 옆으로 보기도 하는데, 그럴 때 똑바로 보라고 지적하지 말라는 조언도 했다. 그러면 스트레스를 받아서 더 심해질 수도 있다고. 문제가 있는 것이 아니기 때문에 그냥 두면 저절로 나아질 것이라고도 했다. 그 말을 들으니 나무가 무언가를 옆으로 볼 때마다 바르게 보라고 잔소리했던 것을 반성하게 되었다. 양육자의 노심초사가 아이에게 얼마나 큰 스트레스를 주는지도 생각해보게 되었다.

그러다 며칠 전에 나무가 왜 옆으로 보는지도 알게 되

었다. 그동안은 물어본 적이 없었는데, 문득 궁금해져서 물어보았다.

　―나무야, 왜 옆으로 보는 거야? 똑바로 봐도 되잖아.
　―아~ 똑바로 보면 다른 게 안 보이잖아.

　나무에겐 옆으로 볼 수밖에 없는 이유가 있었던 것이다! 옆으로 보면 시야가 넓어져서 다른 것들도 다 한번에 볼 수 있다고 생각하는 것 같았다. 이유 없이 그러는 줄 알았는데 이유를 알게 되니 나무의 행동이 이해가 되었다. 호기심 많고 온갖 것에 관심이 많은 나무는 하나의 대상만을 보는 게 답답했던 것이 아닐까. 다른 것을 보고 있는 것 같았는데, 사실은 전부 보고 있던 것이었나보다. 그래도 나무가 옆으로 볼 때 무엇을 보고 있느냐고 질문하면서 시선을 되돌리려 애쓰게 되는 것은 어쩔 수 없는 일이지만 말이다.
　나무와 함께 좀더 건강하게, 아프지 않게 살아가고 싶다. 아이가 세돌이 지나면 면역력이 많이 강해져서 병원에 갈 일이 줄어든다고 육아 선배들이 말했다. 그 말만 믿으며 지내고 있다. 아이가 아프면 걱정이 되고 아이의 아픔을 옆에서 지켜봐야 하는 것도 힘든 일이지만, 계획해두었던 일상의 일들이 모두 정지하는 것이 가장 곤란한 일이다. 내 삶이 나의 통제대로, 계획대로 되지 않는다는 것을 자주 경험하게 된다. 어쩌면 그동안 삶이 내 통제 아래에 있을 수 있다고 큰 착각을 하며 살았던 것 같다. 계획과 다르게 펼쳐지는 일상에 유연하게 대처하며 살 수 있도록 일상의 근육을 키우고 싶다. 갈비뼈를 풀었다가 잠갔다가, 호흡을 들이마셨다가 내쉬었다가 하면서.

어떤 표정이야?

—엄마, 할머니 화가 났어?

저녁을 먹고 놀던 나무가 내게 물었다. 오후 내내 나무를 돌보다 소파에 기대어 앉은 할머니의 얼굴을 보고 물은 것이다. 피곤한 얼굴이 나무에겐 화가 난 것처럼 보였나보다. 화가 난 것이 아니라 조금 피곤하신 거라고 이야기해주니 또 재잘거리며 논다. 곧 만 3세가 되는 나무는 자주 다른 사람의 기분이 어떤지 물어보거나 자신의 기분을 말로 표현한다. (정말 혼을 쏙 빼놓듯 뛰어다니며) "엄마! 나 지금 신났어! 신나서 뛰어다니는 거야!"라고 하거나, 원하는 대로 무언가 되지 않았을 때 크게 울면서 "나 속~상해~!!!"

라고 말한다. 예전에도 속상하다는 말을 했지만 그땐 뜻을 모르고 그냥 하는 말 같았는데, 지금은 어느 정도 그 뜻을 알고 쓰는 것 같다. 가끔 내 기분에 대해서도 좋은지 안 좋은지를 묻는다. 표정을 살피고, 목소리 톤이 다르다는 것을 알아차린다.

어느 날은 잠들기 전 누워서 이런저런 이야기를 하는데, 나무가 어린이집 선생님들 이야기를 꺼냈다. A선생님은 낮잠 시간에 "눈, 감아!" 하고 단호하게 이야기하고, B선생님은 부드러운 목소리로 "눈~ 감아~" 하고 말한다고. 그러면서 내게 물었다. "엄마, A선생님은 왜 그렇게 말하는 거야?" 아마도 A선생님이 악역을 담당하는 것 같다고 나는 생각했다. 나무에겐 눈 뜨고 있으면 낮잠을 잘 수 없으니 얼른 자라고 그렇게 말하셨나보다고 이야기해줬다. 나무가 이번엔 원장 선생님 이야기를 했다.

—엄마, 나는 원장 선생님이 좋아.
—원장 선생님이 좋아? 왜 좋아?
—아~~ 원장 선생님 맨날 신났어! 맨날 웃어!

원장 선생님은 맨날 웃는다고 말하면서 나무도 깔깔
깔 웃었다. 어린이집에서 보내준 사진을 통해 원장님이 아
이들에게 매일 비타민 사탕 하나씩을 나눠준다는 걸 알고
있었다. 그래서 사탕을 주기 때문에 좋다고 할 줄 알았는
데, 맨날 웃어서 좋다고 해 의외였다. 평소 열정과 사랑이
많고 파이팅이 넘치신다는 걸 알고 있어서 나무가 좋다고
하는 지점이 무엇인지 충분히 알 수 있었지만, 예상 밖의
대답이었다. 이제 나무는 표정을 보고도 다른 사람의 기분
을 어느 정도 파악할 수 있게 된 것 같다.

　　사람은 언제부터 주변 사람의 감정을 살필 수 있게 되
는 걸까. 나무를 보니 세돌 무렵이 되면 타인의 감정을 알
게 되는 것 같다. 물론 한번에 파악하게 되는 건 아니다. 가
만 생각해보니 나무에게도 여러 단계가 있었다. 나무가 얼
마 전까지 자주 묻던 것은 이름이었다. 무엇을 보든 그것의
이름을 물어보았다. 그림책을 보면 등장인물의 이름을 모
두 알려달라고 했다. 주인공이 아닌 인물의 이름은 알 수가
없어서 모른다고 대답해도 계속 물어봐서 난감했다. 대답

해줄 때까지 물어보기 때문이다. 그럼 나무가 이름을 지어줄까? 하자, 좋아! 하고선 이런저런 말로 이름을 지어주었다. 그렇게 지은 이름이 아주 많다. 어떤 의미를 지녔다기보다 재미난 발음이 나는 이름이다. 예를 들어 까, 부타치, 꿍 등등.

그다음엔 표정에 대해 물어봤다. "엄마 이건 어떤 표정이야?" 하고. 그림책 속 표정을 물어보기도 하고, 장난감의 표정을 물어보기도 했다. 대부분의 캐릭터 장난감엔 표정이 있었다. 그림책에도 표정이 제각각이었다. 그런데 단순한 방식으로 명명하기 어려운 표정도 많았다. 기쁨, 슬픔, 놀람, 화남, 신남 등의 카테고리로 묶이지 않는 복잡하거나 애매한 표정들. 그럴 때 나는 그냥 상황을 말해주었다. "가만히 있는 표정이야"라거나 "난 뭐든지 자신 있어! 하는 표정이야"라거나 가끔은 그저 "신났어"라고 말하거나 슬퍼, 화가 났어, 울고 있어,라고 이야기했다. 나무는 그때마다 내가 설명해준 것을 되물었다. 뭐든 다 할 수 있다는 표정이야, 하면 뭐든 다 할 수 있다는 표정이야? 하고. 지금 생각하니 그 모든 과정이 감정을 읽고, 타인의 표정이나 말투에 담긴 의미를 파악하는 단계였던 것 같다.

　　머칠 전엔 아침밥을 같이 먹는데, 나무가 슬슬 장난을 치고 싶어하는 표정을 지으며 엉덩이를 들썩들썩했다. 곧 뭔가 일을 벌이겠군! 생각했는데 역시나 국그릇 위에 손을 가까이 대고는 손가락을 담그려고 했다. 평소 같으면 "국에 손 담그면 안 되는 거야~" 하고 말하며 제지했겠지만 그날은 말을 하지 않고 그저 쳐다보고만 있었다. 그러자 나무가 곧 손을 내렸다. 나는 아, 매번 잔소리를 하지 않아도 되는구나? 싶어 조금 기뻤다. 하면 안 된다는 걸 알고 스스로 멈추다니 기특했다. 그런데 내가 그렇게 안심하며 방심하던 찰나! 나무가 갑자기 팔꿈치를 들어 국그릇에 담갔다. 너무 순식간이어서 말릴 틈도 없었다. 아이니까 충분히 그럴 수 있는데, 그 순간엔 너무 황당하기도 하고 안심하던 찰나에 벌어진 일이라서 배신감(?)이 두배가 되었다. 나는 화가 났다. 화보다는 짜증에 더 가까웠다. 나무에게 "그러면 어떡해!" 하고 말하곤 이미 국물이 묻은 팔꿈치를 들어 올리고 국그릇을 다른 곳으로 치웠다. 감정이 바로 가라앉지 않아서 아무 말도 하지 않고 구겨진 얼굴로 그냥 앉아 있었더니 나무가 갑자기 으하하 소리를 내며 장난을 쳤다. 그게 더 화가 났다. 나는 계속 가만히 앉아 있기만 했다. 아무 말도 하지 않았다. 그러자 나무가 다소 시무룩해진 목소리로 내게 말했다.

　—엄마, 어떻게 하면 기분이 좋아져요?

　그 말을 들으니 날카롭게 미간을 세우고 있던 내 얼굴이 와르르 무너지는 것 같았다. 이런 일로 또 너무 쉽게 화를 냈구나, 싶어 미안하기도 하고 부끄러웠다. 이런 감정을 어떻게 처리할지 몰라 난감했다. 나무는 이제 내 기분을 파악할 뿐만 아니라 기분이 좋아 보이지 않을 땐 제힘으로 되돌리려고 애쓸 줄 알게 된 것 같다. 자기가 애써도 쉽게 기분이 바뀌지 않는 것 같으니 내게 그 방법을 묻기도 하면서. 나는 나무를 부드럽게 쓰다듬으며 이제 기분이 좋아졌다고 말해줬다. 그러자 나무도 금방 기분이 좋아진 것 같았다. 나무의 그런 모습을 보니 아이가 부쩍 자란 것 같아 놀라우면서도 한편으론 짠한 마음이 들었다. 이 작은 아이가 불편한 감정이 흐르는 상황을 해결해보려고 애쓴다는 것이 짠했다. 앞으로는 더 많은 갈등, 더 복잡한 감정들과 마주해야 할 텐데. 쉽게 해결되지 않아 전전긍긍하는 날도 있을 텐데. 어떨 땐 내 마음과 다르게 사람과 틀어지기도 하고 상처를 주고받기도 할 텐데. 회복되지 않는 관계가 점점 더 많아질 텐데. 그럼에도 사랑을 나누고 화해하고 보듬어주는 관계도 많이 만날 테지만. 그 모든 것의 시작점을 보는 것 같아서 계속 이상한 마음이 들었다.

그리고 나는 어떻게 하면 (엄마의) 기분이 좋아져요? 라고 묻던 나무의 용기에 대해 생각했다. 상대방의 감정을 그저 가만히 두고 보는 것이 아니라 좋아질 수 있도록 자기가 할 수 있는 것을 해보고, 그것도 소용이 없다면 직접 물어보는 용기에 대해. 나도 마음이 어긋나 대화가 어렵게 된 친구에게, 어떻게 하면 네 마음이 좋아질 수 있을까? 물어보았다면 어땠을까. 혹은 나 자신에게. 굴을 파고 한없이 한없이 가라앉아 캄캄한 어둠 속에 있었을 때, 어떻게 하면 마음이 밝아질 수 있을까? 어떻게 하면 여기서 나갈 수 있을까? 스스로에게 물어보았다면 어땠을까. 무언가 대단히

달라지진 않아도 조금은 달라질 수 있지 않았을까. 자꾸만 그런 생각을 하게 된다. 이런 질문엔 힘이 있어서 상하고 다친 마음이 바로 달라지진 않더라도 달라질 수 있는 씨앗을 심는 일이 될 때가 많다. 그러니 이제는 욕심내지 않고 조금씩 잘 심어보자고, 시도해보자고, 또 한번 다짐해본다.

심장 소리

자기 전에 나무에게 내 심장 소리를 들어보라고 했다.

나무가 내 가슴에 귀를 대고 누웠다.

"심장이 쿵쿵쿵쿵 하지?"

"응. 엄마, 공사 중이야?"

처음에는 무섭고 나중에는 재미있다

아침부터 병원에 다녀왔다. 나무가 밤새 기침을 심하게 했기 때문이다. 기침 때문에 뒤척이는 밤을 보내고 일어난 나무의 목에서 쉰 소리가 났다. 병원에 가는 길에 나무가 대뜸 말한다.

　—엄마, 나 오늘은 용감하게 갈 거야.

나무는 단단히 다짐한 듯 단호한 표정이다. 그게 몹시 귀여워서 "그럼 들어가서 울지 않을 수 있을까?" 하고 물으니 잠시 생각에 잠기다가 조금 시무룩한 표정으로 바뀌었다. "아니 조금 울 수도 있어." 나는 나무의 머리를 쓰다듬어주면서 눈물이 나오면 울어도 된다고 말해주었다. 나무는 최근까지 병원에 가서 울지 않은 적이 없다. 울 뿐만 아니라 거의 발버둥을 쳤다. 대기실에서 기다릴 때만 해도 괜찮은데, 진료실에 들어가야 하는 순간이 오면 그때부터 울고불고 안 들어가겠다고 고함을 질렀다. 아이인데도 그럴 땐 어찌나 힘이 센지 양육자, 간호사, 의사까지 어른 세 명이 달라붙어야 겨우 진찰이 가능했다. 그야말로 닭똥 같은 눈물을 펑펑 쏟았다. 그러다 진료가 끝나면 거짓말처럼 울음을 그쳤다. 아프냐고 물으면, 아프진 않은데 무섭다고 했다. 무서워서 울었다고.

그런데 오늘은 들어가기 전부터 무언가 달랐다. 대기실에서 책을 읽어주는데도 집중하며 얌전히 앉아 있었고, 진료실에 들어가 청진기 진찰을 할 때도 침착하게 있었다. 숨을 쉬어보라는 의사 선생님의 말에 그 작은 입으로 후후 숨을 내뱉기도 했다. 물론 코와 귀를 진찰할 땐 울었다. 그래도 선생님이 잘했다고 비타민 사탕 하나를 주었다. 나무는 아직 눈물이 맺힌 얼굴로, 그렇지만 씩씩하고 당당하게 진료실 밖으로 나왔다. 어린이집으로 가는 차 안에서 나무는 내게 말했다. "엄마, 나 들어갈 때 안 울었어! 청진기도 잘했어!" 나는 너무 대견하고 의젓하게 잘했다고 칭찬해주었다. 남편이 나무에게 물었다. 코와 귀를 진찰할 때 아팠느냐고. 아프지 않았다고 해서 "그래, 아픈 게 아니야. 걱정하지 않아도 돼"라고 나무를 안심시켜주었다. 나무는 "아픈 게 아니라 불편해서 울었어" 하고는 사탕을 먹으며 창밖 구경을 했다.

두려운 마음이 들고 불편한 마음이 들어도 울 수 있다. 아플 때만 울어도 되는 것은 아니다. 아픔이나 상처가 아닌, 복잡하고 다양한 마음의 형태를 울음으로 표현할 수도 있다. 커다란 울음은 자신의 감정을 커다랗게 표현하는 것이다. 나 이만큼 무섭다고, 불편하다고, 피하고 싶다고. 그런데 자란다는 것은 커다란 울음을 작게 표현하거나 담담하게 표현하는 법을 배우는 과정이기도 한 것 같다. 울게 되는 마음 자체는 인정해주고, 다만 그것을 표현하는 다른 방법들이 있다는 것을 알려줘야 한다는 글을 많이 읽었다. 울음으로는 의사소통이 어려우니 울음이 아닌 다른 방식의 소통을 배워야 한다고. 나무가 요즘 읽는 그림책 중에

『울지 말고 말하렴』이찬규, 애플비 2011 이라는 책이 있다. 울기만 하고 무엇을 원하는지 말하지 않으면 양육자도 친구도, 아무도 그 마음을 알아줄 수 없다는 내용이다. 그러니 울음을 잠시 멈추고 말로 표현하라고. 나무도 그것을 배우는 과정에 있는데, 울음이 잘 멈춰지지 않으니 울먹이는 목소리로 말한다. "엄마, 만화, 더, 보고, 싶어요"(울먹울먹) 하고.

어른이 되어서는 크게 우는 경우가 별로 없는 것 같다. 말로 표현하는 것 이외에도 울고 싶은 순간에 울음을 숨기고 다른 제스처를 취하는 경우가 많다. 티를 내지 않는 방식으로. 스스로도 알 수 없는 방식으로. 그러니 한껏 긴장된 어깨도 울음일 수 있고, 굳은 표정도 울음일 수 있다. 날카로운 말도 울음의 일종일 수 있고, 화를 내는 목소리에도 들리지 않는 울음이 섞여 있을 수 있다. 살아갈수록 울음은 더 복잡하고 다양한 형태로 변화한다. 그래서 스스로도 자신의 울음을 알아차리지 못하는 경우가 많다. 나의 경우를 보면 울음이 경직의 형태로 자주 나타나는 것 같다. 잔뜩 굳어 있는 몸, 아무것도 생각할 수 없는 상태. 그럴 때 내가 울고 싶을 정도로 불편하고 복잡한 상태라는 걸 이제는 안다. 어떻게 해야 조금 더 부드러워질 수 있는지, 그 방법을 알아내는 것이 요즘 나의 과제다.

　나무가 겁이 많은 것은 나를 닮아서일까, 자주 생각한다. 나무는 최근에 감각통합 놀이 수업을 듣고 있다. 놀이터에 가면 미끄럼틀이나 놀이기구 위에 올라가는 것을 너무 두려워해서 시도도 하지 않거나 주저앉기 일쑤였다. 겁이 좀 많아서 그렇겠지, 천천히 하면 되겠지, 싶어서 기다려주고 있었는데 얼마 전 눈이 오고 며칠이 지난 날, 길을 걷던 나무의 반응을 보고 깜짝 놀라 조금 일찍 개입해줘야겠다고 생각했다. 눈이 오고 난 후 응달쪽에 녹지 않고 얼음이 된 눈을 보더니 나무가 미끄러워서 무섭다고 소스라치게 놀라며 지나가지를 못하는 것이었다. 눈 때문에 넘어진 적이 있느냐고 물었는데 그런 적은 없다고 했다. 아주 멀찍이 있는데도 지나가질 못했다. 미끄러질까봐 지레 겁을 먹은 것 같았다. 센터에 가서 상담을 받았다. 나이에 비해 몸을 컨트롤하는 능력이 부족해서 그런 상황이 오면 더 무서워할 수도 있다고 했다. 다리 힘이 약해서 몸이 흔들리는 상황을 어려워한다고. 그러니 미끄럼틀이나 높은 곳에 올라가는 것을 두려워하고 회피하게 되는 것이라고도 했다. 감각통합이니, 전정감각이니 하는 처음 듣는 용어를 잔뜩 듣고, 내게도 두려워하는 마음이 생겼다. 그럼에도 한번 시도해보자고 생각하고 우선은 한달 정도 센터에서 수업을 들어보기로 한 것이었다. 3회차 수업을 들은 날, 선생님이 수업 후 상담 시간에 말했다. 나무가 처음엔 두려워서 안 하려고 했는데, 지금은 제법 사다리를 타고 올라가서 공을 주워 오기도 하고 그것을 던져보는 등의 미션을 수행하려 노력한다고. 그런데 아직 두려움이 크게 이는 미션들은 회피하는 경향이 두드러진다고 했다.(말을 돌리거나 못해요, 라는 말을 많이 한다고.) 그리고 완벽주의 성향이 있어서 못할 것 같은 상황은 아예 시도조차 하지 않으려는 것 같다고 했다. 그 말을 듣고 집으로 오는데 너무 많은 감정이 회오리쳤다. 완벽주의 성향 때문에 회피성이 강해 인생이 내내 힘들었던 순간들이 뒤죽박죽 뒤섞여 머릿속을 헤집었다. '기승전부모탓'을 하면 안 되는 것인데, 나는 자꾸만 내 탓을 하게 된다. 내 생활 방식이 은연중에 나무에게도 영향을 주고 있었을 것이라고 생각하니 눈앞이 캄캄했다.

닮은 점이 있는 것은 어쩔 수 없겠지만, 나와 나무는 서로 다른 존재다. 그리고 얼마든지 더 달라질 수 있다. 그렇게 생각하고 나무의 얼굴을 다시 쳐다보았다. 나무는 집에 와서도 센터에서 했던 놀이 수업 활동을 흉내 냈다. 두 발로 뛰어 선을 넘는 것도 해보고 멀리서 고리를 던져 넣는 것도 하고, 신이 나서 이것저것 하고 있었다. 사다리에 높이 올라갈 때 무섭지 않았느냐고 물으니, 나무가 말간 얼굴로 말했다.

—처음엔 무서웠는데 나중엔 안 무서웠어. 재밌었어.

두려움이 나를 덮치는 순간 굳은 채 가만히 있는 것이 아니라, 조금이라도 몸을 움직이면 풀어진다. 글을 쓸 때도 자주 그랬다. 백지 앞에서 두려워 가만히 있으면 눈앞에는 계속 백지밖에 없는데, 조금이라도 문장을 쓰다보면 쓸 수 있는 것들이 많아졌다. 아이를 키우는 일도 그런 것 같고, 사실 삶에도 전반적으로 그런 면이 있다. 나무처럼 무서워도 조금씩 해보면 재미있어지는 순간이 찾아오는 것. 울기만 하는 것이 아니라 눈물을 닦고 한번 해보는 것. 할 수 있다고 마음속으로 수없이 외치면 정말로 할 수 있는 순간이 찾아온다는 것을 알게 된다. 그렇게 오늘 이 글을 썼다.

느슨하게 주고받는 일

최근에 자주 이용하는 애플리케이션 중 하나는 당근마켓이다. 집 근처에 있는 동네 사람들과 중고 물품을 거래할 수 있는 앱이다. 그전에는 중고 물품을 사거나 파는 일을 딱히 해본 적 없었는데, 육아를 하다보니 자주 이용하게 되었다. 나는 주로 사용주기가 짧은 아기용품이나 장난감을 거래한다. 최근에는 누군가 판매하려고 올려놓은 물건들을 구경하는 재미 때문에 자주 보게 되었다. 물건에는 그 물건을 소유했던 사람의 생활과 취향, 필요 등이 담겨 있다. 그런 디테일이나 생각지도 못한 물건이 올라오는 것을 구경하는 게 재밌다. 물건을 소개하는 문구도 재치 있는 게 많다.

몇달 전엔 야외 놀이터에 있을 법한 큰 미끄럼틀 세트와 경비초소를 판매하는 글을 보았다. 아니, 이런 것도 중고마켓에서 팔린단 말이야? 하고 생각했는데, 놀라운 것은 그 물건에 '관심'을 누른 사람이 많았다는 것이다. 사는 사람이 있으니까 올리는 사람이 있고, 올리는 사람이 있으니까 사는 사람이 있는 것이겠지만. 중고마켓에서 무엇까지 팔 수 있는지 한계를 넘어서는 지점을 본 것 같아 놀라웠다. 또 최근에 본 것 중에 가장 잊을 수 없는 물건은 도장이었다. 자신의 이름을 새긴 도장. 가령 이름이 홍길동이라고 한다면, 홍길동이라고 새겨진 도장을 올린 것이다. 자신은 개명을 해서 이제 이 도장이 필요 없으니 홍길동이라는 이름을 가진 사람이 있다면 무료로 주겠다는 것이었다. 그 도장은 과연 무료 나눔에 성공했을까? 지금 와서 생각하니 문득 궁금해진다.

내가 산 물건 중에는 '어라운드 위고'라는, 아기가 걸음마를 연습할 수 있는 보행기 장난감이 있다. 이제 나무의 키가 커져서 더는 사용을 못 하게 되어 시세를 알아보려고 앱에 올라온 글들을 살펴보았다. 그러다 재미있는 것을 발견했다. 거래 완료 목록 중에 집에 있는 것과 똑같은 흠집을 가진 물건을 보게 된 것이다. 이 물건이 이 동네 아기들을 다 키우고 있었구나! 감탄하면서 깨끗하게 닦아 다시 내놓았다. 생각해보니 아기 시절 잠깐 쓰는 물건을 아주 저렴한 가격으로 대여한 것만 같은 기분이 들기도 했다. 동네에 사는 불특정한 누군가에게 대여하여 다시 불특정한 누군가에게 돌려주는 기분이었다. 아이 하나를 키우는 데 한 마을이 필요하다는 옛말이 있다고 하던데 당근마켓이 현대판 마을인 것은 아닐까? 그렇게 생각하면 정말 고마운 앱이다.

　물건에는 그 물건을 쓰는 사람의 시간과 사연이 쌓인다. 그 시간과 사연을 다 알 수는 없지만, 중고거래를 하며 잠시 스친 인연들에 대해 가끔 생각해본다. 비슷한 물건이 필요한 비슷한 상황을 겪고 있을 사람들에 대해. 어떤 사람은 내 물건을 사면서, 내가 올리지 않은 물건을 말하며 혹시 그것도 가지고 있느냐고 물었다. 판매 완료된 목록을 보니 자기에게 필요한 물건이 있을 것 같다며 물건들 상태가 좋은데 혹시나 있으면 자기에게 먼저 연락을 달라고. 그런데 정말 그 물건이 있었고, 심지어 무료로 나눔하려는 생각을 하고 있었다. 그래서 그분에게 드렸다. 괜히 기분이 좋았다. 꼭 필요한 사람에게 준 것 같은 기분이 들었기 때문이다. 나도 비슷하게 물건을 받은 적도 있다. 아이가 몇개월이냐고 물어서 답하니, 이것도 필요하냐며 사진을 보내줬다. 감사 인사를 하고 함께 받았다. 한번은 아기 식탁의자를 나눔으로 올렸는데, 차가 없는데 도보로 옮길 수 있는물건이냐고 물어보아서 직접 차로 가져다준 적도 있다. 마치 필요한 물건을 주고받는 이상한 공동체 같기도 하다. 물론 매너 없는 이상한 사람도 많다. 그래도 같은 동네, 가까운 동네에 살고 있다는 것만으로도 느슨한 연결이 가능하다는 것이 신기하다. 개인이 겪고 있는 일상을 그 물건을통해 다 알 수는 없지만 말이다.

　　사람이 한평생을 살면서 만나게 되는 사람의 수는 얼마나 될까. 가정에서, 일터에서, 길에서 만나는 무수한 사람들. 내가 원해서, 혹은 원하는 마음 없이도 연결되고 이어지는 사람들. 그 수와 깊이를 헤아릴 수는 없겠지. 사람과 사람이 연결되며 겪는 행복과 불행의 크기와 횟수는 얼마나 될까. 다 알 수는 없지만 그런 무수한 만남이 쌓여 삶이 되는 것인가 싶기도 하다. 어떤 관계는 좀더 깊게 가져가고, 어떤 관계는 스치듯 안녕, 하고. 실수도 하고 민폐도 끼치고 더러는 도움도 주고받으면서. 사람들은 그러면서 함께 존재하고 연결되고 살아갈 것이다.

오늘은 나무로 만든 아기 책상의자 세트를 2만원 주고 샀다. 중고라고 하니 어머니가 새것 같다며 깜짝 놀라셨다. 나는 아기 책도 자주 구매하는데, 어머니는 늘 새것 같다고 놀라신다. 새것처럼 상태가 좋지만 너무 비싸지 않은 가격으로 물건을 구매하려면 눈치게임을 잘해야 한다. 키워드를 걸어놓고 빠르게 구매 의사를 밝혀도 1초 만에 놓치기도 한다. 어쩌면 너무 사소한 능력(?)인데 좋은 물건을 저렴하게 구입하면 괜히 밥값을 한 것만 같은 기분이 들어서 어깨가 으쓱해진다. 아기 책상을 구입하며 잠깐 인사를 주고받았던 사람에게 고마운 마음이 가득해진다. 잠시 연결되었던 그 사람에게.

내 마음을 믿었어야지

—오늘 어디로 놀러 간다고 했지?

아침에 눈을 뜨자마자 잠이 덜 깬 목소리로 나무가 물었다. 기분이 좋아 보이는 목소리였다. 나는 버스를 타고 경복궁에 갈 것이라고 했다. 그곳에 가면 옛날 왕이 살았던 집을 구경할 수 있다고 알려주었다. 나무는 아직 왕이 무엇인지 잘 모르지만, 지금은 존재하지 않는 옛날 사람들이 살았던 곳을 볼 수 있다는 말에 눈을 반짝였다. 가끔 옛날 사람에 대해 이야기할 때마다 나무는 신기하다는 표정을 지었다. 한때 「한국을 빛낸 100명의 위인들」 노래에 빠져 내내 듣던 때에는 단군 할아버지는 지금 어디에 있는지, 원효

대사는 누구이고 어디서 무얼 하는지 자주 물었다. "지금은 없어, 옛날에 살았던 사람이야" 하고 말하면 내게 되물었다. "공룡처럼?" 그러면 나도 모르게 미소를 지으며 대답하곤 했다. "응, 공룡처럼."

나무는 이제 만 4세가 되었다. 며칠 후엔 유치원에 입학한다. 입학 전까지 가정 보육을 열흘 정도 해야 하는 상황이라 좀 난감했다. 매일 새로운 곳에 데려가고 싶었지만 집에서만 보낸 날도 많았다. 그래서 경복궁에 가보려고 했다. 사실 경복궁에 가봐야지, 생각한 지는 오래되었다. 그런데 아이를 데리고 버스를 타고 경복궁에 갔다가 다시 버스를 타고 돌아오는 여정을 생각하면 눈앞이 깜깜해졌다. 그래서 가려고 결심하기까지 내겐 생각보다 많은 용기가 필요했다. 아직 긴 시간 버스를 타고 단둘이 어디를 가본 적이 없었기 때문이다. 버스를 한참 타야 하는데 괜찮으냐고 물었다. 나무는 대수롭지 않다는 듯이 응! 하고 대답했다. 다행히 날씨가 춥진 않았다.

광화문광장까지 한번에 가는 버스가 있었다. 나는 광장을 통과해 경복궁으로 가려는 계획을 세웠다. 어력이 된다면 교보문고에도 잠깐 들러보려고 했다. 나무가 버스에서 지루해하면 어떡하지? 내리고 싶다고 하면 어떡하지? 걱정했는데, 나의 노파심이 무색하게 나무는 창밖 풍경을 보는 것만으로도 즐거워했다. 수많은 간판을 보며 아는 글자를 찾기에 여념이 없어 보였다. 아직 한글을 모르는 나이인데 얼마 전부터 글자에 관심을 보였다. 나는 한글을 최대한 천천히 알려주고 싶었다. 다른 것보다 글자를 먼저 보게 되는 시기를 앞당기고 싶지 않았다. 그래서 교육 시기에 대한 고민이 많았다. 그런데 아이가 알고 싶어하는데 일부러 가르쳐주지 않는 것도 올바른 방향은 아니라는 생각이 들었다. 사람마다 때가 다를 수 있으니까. 그래서 물어보는 글자가 있으면 읽어줬다. 나무는 이것을 일종의 놀이로 여겼다. 제 이름인 '수'와 '안' 자를 기억했다가 간판에서 같은 글자를 발견하면 "저기 수 있다! 안 있다!" 하는 것이다. 그렇게 알고 있는 글자가 열개 정도 되려나. 그런데 그 글자를 찾느라 창문에 꼭 붙어서 도통 떨어질 생각이 없어 보였다. 나무는 작은 것에도 크게 기뻐할 줄 안다. 그것은 세상을 살아가는 데 있어서 어린이가 가진 가장 큰 무기다.

어른이 훔치고 싶어할 만한 빛나는 재능이다.

　40분 정도 지나 우리는 광화문에 도착했다. 나무는 넓은 광장과 커다란 동상을 보더니 껑충껑충 뛰었다. 광화문엔 사람들이 많았다. 한복을 입은 외국인 관광객도 많았다. 세종대왕 동상 앞에서 우리는 사진을 찍었다. 누구냐고 물어서 아주 오래전에 살았던 사람이고, 왕이었는데 한글을 만든 사람이라고 말해주었다. "옛날에 살았던 사람? 지금은 없어?" 나무가 물었다. "응, 지금은 없어." 대답해주고는 뭐라고 더 말해줘야 하지? 고민하는 사이에 광화문 앞 횡단보도에 도착했다. 문을 통과하고 입장권을 끊고 들어가니 안에는 더 많은 사람이 있었다. 우리는 안내표지판을 보고 연못이 있는 곳까지 가보기로 했다. 안으로 들어갈수록 사람이 없었다. 경회루까지 가니 벤치가 있었다. 잠깐 앉아서 오리를 구경하며 물도 마시고 간식으로 챙겨온 쿠키도 먹었다. 그러자니 정말 소풍을 나온 기분이 들었다. 길을 되돌아 나오지 않고 더 위로 올라갔다. 민속박물관으로 연결되는 길이 있었기 때문이다. 걸어가는 길에 키가 큰 나무가 많이 보였다. 빼곡하진 않았고 드문드문 있었다. 나무가 갑자기 마구 달려가더니 기다란 나뭇가지 두개를 줍고는 또 신이 나서 방방 뛰었다. 평소에도 나뭇가지를 좋아해서 공원에 가면 꼭 나뭇가지를 줍고 그것을 집에 가기 전까지 들고 다니는 아이다. 집에 가져가고 싶어하는데 잘 설득해서 놓고 오게 한다. 이번에도 나무는 나뭇가지를 집에 가지고 가고 싶다고 했다. 왜 안 되느냐고 재차 물었다. 나뭇가지는 우리 집에 가는 것보다 여기에 있는 것을 더 좋아할 거라고 말해줬지만 계속 아쉬워했다. 그래서 여기서 실컷 놀다가 가자고 했더니 그제야 알겠다고 수긍했다. 나무는 두개의 나뭇가지를 연결하여 더 기다랗게 만들기도 하고, 양손에 들고 지휘를 하듯 움직이며 노래를 부르기도 했다. 누가 시켜서가 아니라, 스스로 즐거워서 그렇게 한참을 놀았다.

그러다 줄기가 잘리고 밑동만 남은 나무를 보았다. 저건 그루터기라고 알려주니 계속 그루터기 근처를 맴돌다 그 위에 올라가보았다. 그러더니 나뭇가지를 들고 있는 팔을 쭉 뻗어 나무木처럼 서 있었다. "아주 키가 큰 나무 같네!" 그러자 옆에 있던 조금 작은 나무 옆으로 가 서더니 누가 더 키가 큰지 재봐달라고 했다. 네가 더 크다고 했더니, 이번엔 누가 봐도 너무나도 키가 큰 나무 옆에 섰다. "엄마! 누가 더 큰지 또 봐줘." 하늘까지 높이 치솟은 나무였는데, 우리 나무가 옆에 서니 꼭 매미처럼 보였다. 그러나 나무의 표정은 매우 진지했다. 그 표정이 너무 웃겨서 나는 깔깔 웃었다. "네가 더 큰 것 같은데?" 하고 말해주니, 나무는 신나서 또 그 주위를 폴짝폴짝 뛰었다. 마음의 키만은 누구보다 큰 아이다.

경복궁을 나와 카페로 갔다. 나는 커피를 시키고 나무에게는 디저트를 사주려고 메뉴를 보고 있었다. 나무는 초콜릿이 잔뜩 발린 피낭시에를 골랐다. 내가 그거 말고 벨기에 와플을 먹는 게 좋을 것 같다고 하니, 아쉬운 표정이었지만 알겠다고 했다. 한참 동안 기다렸는데 메뉴가 나와서 보니 케이준 와플이었다. 내가 잘못 주문한 것이었다. 게다가 케이준 시즈닝이 뿌려져 있어서 나무가 먹기엔 매운맛이었다. 내 기억엔 분명히 '케이준'이라는 말을 한 적이 없었는데…… 아무래도 정신이 없어서 실수했나보다 싶어 어쩌지 어쩌지 하고 있었더니, 점원이 사정을 헤아려 일반 와플로 바꿔주었다. 부끄럽고 고마웠다. 나무는 기다리던 와플을 먹지도 못하고 또 기다려야 했다. 미안해서 초콜릿 피낭시에를 추가로 주문하기로 했다.

　　─와플을 왜 다시 가져간 거야?
　　─아, 매운맛이 나는 와플로 잘못 주문했어.
　　─(나를 타이르는 듯한 말투로) 엄마, 그래서 아까 내가 다른 거 먹고 싶다고 한 거야. 내 마음을 믿었어야지.

　　말을 믿는 것이 아니라, 마음을 믿었어야 한다는 나무의 말. 너무나도 맞는 말이어서 "그래 맞아, 맞아" 하며 고개를 끄덕였다. 초콜릿 피낭시에를 한입 가득 넣은 나무는 그런 나를 보며 또 세상에서 가장 행복한 사람처럼 웃었다.
　　살다보면 자주 잊게 된다. 고맙고 감사한 순간들이 아주 많다는 것을. 아주 작은 순간들이 모여서 한 사람을 이룬다는 것을. 그것은 나무뿐만 아니라 나도 마찬가지일 것이다. 나무가 버스를 즐겁게 탄 일, 나뭇가지만으로도 신나게 놀았던 일, 잘못 주문한 와플을 선뜻 바꿔준 점원의 마음, 무엇보다 제 마음에 대해 이야기할 수 있을 만큼 자란 나무의 시간. 자려고 눈을 감으면 떠오르는 선명한 기쁨의 순간들. 오늘은 그 순간들을 떠올리며 조금 든든해진 마음으로, 이불을 목 끝까지 덮고 포근하게 잠들 수 있을 것 같다.

비
......

나무를 돌봐주시는 시어머니가 댁으로 가신 후에 나
와 퍼즐을 맞추며 놀다가 뭐가 잘 안 되니까 "어디 갔
지? 내가 뭘~ 잘못했나~" 하고 말해서 웃음이 터졌
다. 할머니가 평소 쓰는 말투를 나무가 배워서 그 상
황에 맞게 쓰는 것인데 분명 아기가 쓸 말투가 아니
기 때문에 너무 웃었다.

낮에는 비가 와서 우비를 입고 집에 오는데 나무가
가만히 서서 비를 맞고 있다가 내게 말했다.

"엄마, 신발 안으로 비가 와요."

그러더니 물웅덩이에 첨벙첨벙 발을 신나게 굴렀다.

말이 하루가 다르게 는다. 정말 빨리 큰다 싶다.

2부

서툴다는 것은
배우고 있다는 뜻

상자가 생기면 일단 한번 들어가본다

시작은 늘

무덥고 긴 여름을 보내고 있다고 생각했는데, 아침저녁으로 제법 서늘한 바람이 분다. 계절에 대한 실감은 늘 느닷없이 온다. 서서히가 아니라 어느 날 갑자기 찾아온다. 주로 바람의 온도로 체감하고, 창밖 나무가 변한 모습을 보고 확신한다. 아 가을이구나. 올해는 유독 아무것도 한 게 없는 것 같은 기분이다. 아직 올해가 몇개월 남았는데 이상하게 하반기는 순식간에 지나가버려서 이미 올해가 다 끝나버린 것 같다. 친구에게 이야기했더니, 이유는 다르겠지만 어쨌든 시를 많이 못 써서 아무것도 한 것 없이 시간을 허비한 것 같은 기분이 드는 게 아니냐는 말을 들었다. 그런 것 같기도 하다. 작년과 올해엔 유독 완성한 편수가 적고, 시를 쓰기 위해 들인 시간이 많지 않다. 편수가 중요한 것은 아니다. 다만 시를 쓰는 시간은 내가 나를 들여다보는 시간이기 때문에 시의 편수가 적다는 것은 그만큼 잠잠하게 가라앉았거나 나를 돌아볼 시간이 없었다는 뜻이다. 고요의 절대적인 부족. 삶이 어떻게 흘러가고 있는지 모르겠다. 피곤해서 잠들고 피곤하게 깨어난다. 아기를 키우는 모두가 이런 과정을 겪었고, 겪고 있다고 생각하면 그동안 내가 얼마나 기고만장하고 무심하게 살았는지를 깨닫게 된다. 아니다, 각자에겐 각자의 어려움과 겪어나갈 힘이 있는 것이다. 비교하지 말자. 하루에도 수십번 반복되고 번복되는 생각의 뒤엉킴 속에서 피곤한 마음으로 생활의 일들을 계속하고 있다.

　　그런데 좀처럼 시를 쓸 용기가 안 생긴다. 왜 그럴까. 이럴 땐 생각을 좀 달리해야 이 상태를 빠져나올 수 있을 텐데. 사실 쓸 용기가 생기지 않는 이유는 너무나 잘 알고 있다. 축적된 시간이 없다는 생각에 제대로 쓸 수 있을지 자신이 없어진 것이다. 그런데 제대로 쓴다는 것은 무엇일까. 그것도 내가 만든 허상 아닐까. 허상과 같은 마음의 핑계들.

사는 일이 쓰는 일과 무관하지 않다고 생각하는 편이지만 삶이 저절로 글이 되진 않는다. 생각이 아니라, 문장이라는 몸을 가져야 글이 된다. 너무 당연한 말이다. 그러니 일단은 쓰자. 손을 움직여 쓰고, 쓰고 나서 생각하자. 그러면 내가 쓴 문장의 두께만큼 용기는 자연스럽게 생길 것이다. 생각을 행동으로 옮겨야 무언가 다른 쪽으로 겨우 가볼 수 있을 것이다. 이런 이야기를 쓰고 싶은 것이 아니었는데 요즘은 늘 이런 식으로, 쓰지 못한 시간에 대한 한탄과 불안과 염려, 체력에 대한 갈망 같은 것을 쓰게 된다. 파편적으로 쓰고 싶지 않은데 그것도 마음처럼 되지 않는다. 다짐과 결심을 반복하는 것이 내가 계속 쓰고 있고, 쓸 수 있었던 힘이었을까.

손을 풀고 그저 담담하게 하고 싶은 이야기를 쓰자. 하고 싶은 이야기가 없다면 떠오르는 이야기를, 재미있게 쓰자. 나는 쓰면서 나와 세계를 더 들여다보았고 내 삶을 그저 흘러가기만 하는 삶으로 두지 않았다. 붙잡았다. 견고한 악수처럼. 그 시간을 믿어보자.

청소

친구가 요즘 힘이 나지 않을 때 일본 브랜드인 무인양품의 광고 영상을 본다고 했다. 류이치 사카모토의 CM송이 담긴 광고라며 링크를 보내줬다. 영상엔 다양한 장소에서 다양한 사람들이 청소하는 모습이 단편적으로 교차하며 나온다. 빗자루로 바닥을 쓸고 행주로 식탁을 닦는 사람부터 고물상, 공원의 낙엽을 치우는 사람, 건물의 유리창을 닦는 사람, 아쿠아리움 통유리를 닦는 사람. 그중에서도 나를 멈춰 세운 인상 깊은 장면이 있었는데, 만리장성을 빗자루로 쓸고 가는 사람과 거대한 부처상에 매달려 부처의 눈코 입을 닦는 사람들의 모습이었다. 한번도 청소의 장소로 떠올려본 적 없는 공간의 뒷면을 본 것 같은 기분이 들었다. 견고하고 완벽할 것 같은 곳도 일상의 지점에서 돌보는 시간이 필요하다는 사실이 묘한 위안을 주었다. 누군가 정성스레 쓸고 닦는 모습을 보는 것만으로도 내 주변이 달라지는 것 같은 기분. 청소와 정리 정돈이란 뭘까. 자신의 자리를 돌보는 사람, 우리의 일상을 정돈하는 사람이 가진 힘 같은 것을 생각하게 한다. 그것이 매일매일의 삶을 가능하게 한다는 것도. 이 영상을 보고 힘이 났다고 하는 친구의 말이 이해가 되었다.

글을 쓰는 일도 주변을 쓸고 닦고 정리 정돈하는 일과 비슷한 부분이 있다. 잘 소화되지 않고 헝클어져 있던 마음이나 생각을 문장을 통해 정리할 수 있다는 점에서. 구석구석 쌓인 먼지를 털어내며 물건이나 장소 본래의 빛깔을 되찾는 것처럼, 못 보고 지나쳤던 내면을 발견하게 된다는 점에서. 다 하고 나면 무엇이든 할 수 있을 것 같은 에너지를 얻는다는 점에서. 그러고 보니 집 안 정리가 되지 않아 엉망인 상태로 지낸 지 오래되었다. 글을 쓸 용기를 생각하기 전에 나의 생활을 정리하고 깨끗하게 만드는 것이 먼저일지도 모르겠다. 오늘은 책상에 쌓인 책부터 정리해보기로.

새로운 상자

아기를 키우면서 가장 많이 하는 일 중 하나가 온라인 쇼핑몰에서 물건을 주문하고, 택배를 받는 일이다. 아기에게 필요한 물건이 매번 새롭게 생기기 때문이다. 이제 나는 쇼핑을 의무적으로 하는 사람이 되었다. 17개월이 된 나무는 택배 상자가 오면 그 안에 무언가 새로운 것이 들어 있다는 것을 안다. 나는 나무와 함께 상자를 뜯는다. 상자를 열자마자 나무는 안에 있는 물건을 다 꺼낸다. 장난감이 들어 있거나 자기가 관심 있어하는 물건이 있으면 잠깐 흥미를 갖지만, 정작 나무가 하고 싶어하는 일은 따로 있다. 상자 안에 든 물건을 전부 바깥으로 꺼내고, 그 안으로 들어가는 것. 아직 몸을 완벽하게 가누지 못해 흔들리면서, 흔들리는 힘으로 중심을 잡으며 상자 안으로 들어간다. 상자의 크기는 크건 작건 전혀 상관이 없다. 가끔은 두 발이 겨우 들어갈 것 같은 아주 작은 상자에도 들어가려고 용을 쓴다. 한번 들어가면 상자 안에 오래 앉아 있을 것 같지만 꼭 그렇지도 않다. 엉덩이가 바닥에 닿자마자 바로 나온다.

그저 상자가 생기면 일단 한번 들어갔다 나온다. 새로운 것에 적극적으로 몸을 밀어 넣는 나무의 모습은 귀엽기도 하지만 위태로워 보이기도 한다. 그리고 나는 쓰는 일에 대해 생각하게 된다. 한번도 경험해본 적 없는 것에 발을 넣어보려고 하는 태도 같은 것. 호기심만으론 되지 않는다는 걸 알고 있다.

　계속 쓰는 삶을 사는 것이 결코 쉬운 일이 아니라는 생각을 최근에 자주 하게 되었다. 시인으로 막 활동을 시작했을 무렵 나는 쉼보르스카처럼 할머니가 되어서도 좋은 시를 쓰는 사람이 되고 싶다고 생각했다. 그런데 시인으로 활동한 지 10여년이 다 되어가는 지금은 잘 모르겠다. 당장 내년에도 계속 쓰는 사람으로 살고 있을지 의문이 든다. 가능할까. 10년, 20년, 30년 계속해서 처음과 꼭 같진 않겠지만, 비슷한 열망을 가지고 시를 쓰는 일이. 한번도 가져본 적 없는 아주 커다란 욕심 같다. 그러다 류이치 사카모토의 인터뷰를 찾아보았다. 나는 그의 음악도 좋아하지만 그가 가진 삶의 태도와 생각에 더 관심이 많다. 인생을 먼저 산 어르신(?)으로서, 또 선배 예술가로서 존경스러운 점이 많다. 그가 음악감독을 맡은 영화 「남한산성」이 개봉했던 2017년의 인터뷰 기사를 읽었다. 기자는 40여년 동안 쉼 없이 창작을 할 수 있었던 이유를 물었다. 지치지 않고 새로운 음악을 들려주는 것이 가능한 이유를. 그는 할 수 있는 일에 관심이 없고, 하지 못하는 것과 해보지 않은 일에는 늘 관심이 많다고 말했다. 그래서 매일 새로운 자신과 마주할 수 있다고. 그것이 자신의 희망이라고. 중앙일보 2017년 10월 24일자 인터뷰 「남한산성」 류이치 사카모토 "내가 할 수 있는 것엔 관심 없다", 김효은 기자 할 수 있는 것보다 해보지 않은 것에 관심이 많다는 대답도 좋았지만, 그보다 매일 새로운 자신과 마주하는 것이 자신의 희망이라고 이야기하는 대목이 좋았다. 내 삶을 새롭게 만드는 것은 환경이 새로워지는 것뿐만 아니라, 그것과 함께 나 자신의 새로움을 발견하는 것에서 가능하다는 이야기. 마치 상자 안에 들어갔다 나오는 아기처럼. 새로운 상자가 생기면 상자 안에 들어가 자신이 어디까지 할 수 있는지 가늠해보는 것, 새로운 상자 안에 들어간 새로운 자신을 마주해보는 것. 그러니 나도 새로운 상자가 보이면 발을 넣어봐야지. 새로운 발과 손으로 신나게 써야지.

파편

아주 오래전 친구에게 선물받은 스노볼이 있었다.('있다'가 아니라 '있었다'라고 쓸 수밖에 없게 된 슬픔……) 유리 안에 흰 장난감 병정이 하나 있고, 흔들면 하얀 눈이 내리는. 책장 위에 두었는데 나무가 그것을 보고 자꾸만 꺼내달라고 했다. 견고해 보이지는 않아서 망설이다가 잠깐은 괜찮겠지 싶어 꺼내주었다. 그러나 설마가 사람 잡는다고 했던가. 나무의 두 손에 쥐여주고 잠깐 한눈판 사이에 챙! 하고 무언가 깨지는 소리가 들렸다. 스노볼이 나무의 발 앞에 와장창 깨져 있었다. 나무는 곧바로 그 조각들을 만지려고 했다. 깜짝 놀란 나는 나무를 번쩍 들어 올렸다. 다행히 다친 곳은 없어 보였다. 모양과 크기가 제각각인 유리 파편이 거실 바닥에 펼쳐져 있었다. 스노볼 안에 액체가 들어 있어서 파편이 그나마 덜 퍼졌지만, 어떤 조각이 어디까지 튀었는지 알 수 없어서 불안했다. 유리 조각을 치우면서 생각했다. 아주 작은 조각이 얼마나 날카로워질 수 있는지를. 그리고 '파편'이라는 단어 안에 들어 있는 무수한 크기와 날카로움에 대해서도. 단지 작은 조각이 아니라는 것을.

그것은 내가 시를 쓸 때 생각하는 문장이나 단어에도 적용할 수 있었다. 왜 지금껏 파편을 하나의 조각(덩어리)으로만 생각했을까. 파편은 아주 작고 구체적인 것인데 그조차도 뭉뚱그려 생각하고 있었다. 파편만큼 불식간에 자신의 존재를 드러내는 것도 없는 것 같다. 그날 이후로 몇 날 며칠을 쓸고 닦았는데도 갑자기 발이 따가워서 보면 그날의 스노볼 파편이었다. 아기가 밟지 않고 내가 밟아서 다행이라고 가슴을 쓸어내렸다. 유리 조각을 버리면서, 나는 더 예리하고 작고 빛나는 파편을 쓰고 싶다는 생각을 했다. 파편의 파편으로서, 퍼져나가겠노라고.

울음

나무는 낯선 곳에 가면 일단 울고 본다. 그것이 불편함을 표현하는 방식이다. 아직 말을 잘 못하니까 가장 즉각적으로 자신의 감정을 표현할 수 있는 방식이 울음이다. 울음은 아기가 가진 언어다. 무서움, 불편함, 아픔, 배고픔, 졸

림 등등. 정확하진 않지만 나는 이제 나무의 울음을 어느 정도 가늠해볼 수 있게 되었다. 그러다가도 가끔은 왜 우는지 도무지 알 수 없을 때가 많다. 자기가 가진 최대치의 언어로 울부짖어도 그 뜻을 제대로 알아주는 사람이 없을 때, 나무는 어떤 감정을 느낄까. 이런 생각을 하다보면 아직 두 돌이 안 된 나무도 슬픔이라는 감정을 느끼는지 궁금해진다. 내가 하는 말의 의미를 아무도 알지 못하고 공감하지 못하는 것 같을 때 나는 대체로 슬프다. 오랜 분노와 서글픔을 마침내 울음으로 표현해도 온전히 받아들여지지 않을 때 나는 슬프다. 나와는 다르게, 세상에 태어난 지 이제 17개월이 된 나무가 슬픔을 느낀다고 한다면 그것은 어떤 질감을 가진 것일까. 그 무게는 어떻게 가늠할 수 있을까.

지금 살고 있는 집은 하루 중 대부분이 어둡다. 해가 들어오는 창이 많지 않고, 그나마도 낮엔 암막 커튼을 치고 지낼 때가 많기 때문이다. 나무가 낮잠을 자는 때가 많아서 편하게 자라고 친 암막 커튼을 계속 두고 생활하는 때가 많다. 해가 잘 들어오고, 그 빛이 나의 생활과 무관한 곳은 세탁실이다. 나는 세탁실에 식물을 들이고, 식물이 햇빛을 받으며 잘 자라는 모습을 보는 걸 좋아한다. 세탁실 창틀에 화분을 두고 사진을 찍어, 식물이 자라고 있음을 자랑하기도 했다. 사진만 본 사람들은 이 집이 밝은 줄 알 수도 있다. 식물이 힘차게 살아갈 수 있는 아주 좋은 집이라고 생각할지도 모른다.

나는 아기에게 햇빛과 마찬가지로 어둠이 필요하다는 것을 자주 생각한다. 아기가 자라는 동안 어둠의 편안함을 알게 하는 것도 내 몫의 일부라고 생각한다. 빛에는 어둠이 녹아 있고, 어둠의 세세한 면모에는 빛보다 밝은 것이 많다는 것도 알게 하고. 내면의 밝음과 어두움을 잘 들여다보는 것이 중요하다는 것도 알게 하면서. 그렇게 함께 살고 싶다. 그리고 그렇게 함께 쓰고 싶다.

여리고 단단한

　　겨울 동안 잠잠하던 화분이 날이 따듯해지니 연둣빛 잎을 밀어 올린다. 세탁실에 두었던 마오리 소포라에 새잎이 돋아났다. 키우기 다소 까다롭다고 하여 기대하지 않았는데 뜻밖의 선물을 받은 것 같은 기분이 되었다. 잎은 하나둘씩 서서히 올라오지 않고 무언가 결심한 사람처럼 한꺼번에 우르르 돋았다. 나는 신이 나서 이제 막 두돌이 지난 나무를 불렀다. 새잎이 올라왔다고, 와서 한번 보라고. 나무는 내 말을 듣고 우와~ 하며 감탄했다. 나의 호들갑에 자기가 할 수 있는 만큼 열심히 호응해주는 것 같았다. 너무 예쁘지? 묻는 말에 응! 대답하고는 새로 돋아난 나뭇잎처럼 생긴 손으로 작은 잎을 톡톡 쳐보고는 씩― 웃었다.

내가 살살 만져야 한다고 하니, 정말로 아주 조심스럽게 살살 쓰다듬는 시늉을 한다. 마치 보드라운 고양이 털을 쓰다듬듯이.

식물의 새잎은 아기의 손톱과 닮았다. 처음엔 한없이 연하고 부드럽다가 햇빛과 물, 바람을 머금으며 시간을 보내면 색도 짙어지고 질감도 단단해진다. 내가 사람의 손톱에 대해 자주 생각하게 된 것은 나무가 태어난 이후부터다. 살면서 숱하게 보고 만지고 깎았던 손톱임에도 이토록 세세하게 자주 들여다보고 신경 쓰며 살았던 적이 없다. 손톱은 무심하게 지내다가 어느 날 보면 자라 있는 것, 불편한 느낌이 들거나 생각날 때 한번씩 깎아주면 되는 것 정도였는데. 나무의 손톱을 관리하는 것이 내 역할 중 하나가 되고 보니 관심은 자연스러운 것이 되었다. 그건 가까이서 보고 겪는 일에 대해 더 오래, 더 많이 사유하게 되는 이치와 같다.

아기 시절 나무의 손톱은 손톱깎이를 쓸 수 없어서 손톱 가위로 잘라줘야 했다. 너무 작고 얇아서 다칠 수도 있기 때문이다. 손톱을 가위로 오린다는 표현이 더 적절한 것 같다. 다른 가족들은 나무의 손톱을 잘라주는 것에 자신 없어했다. 시어머니는 눈이 침침하여 손톱이 잘 보이지 않는다고도 했다. 너무 여린 것 앞에서, 내가 혹시 그것을 상하게 할까봐 두려워하는 마음이 양육자인 우리 모두에게 있었다. 나도 마찬가지의 마음이었으나 누구 하나는 해야 했기 때문에 눈을 깜빡이며 조마조마한 마음으로 나무의 손톱을 잘라주었다.

손톱은 이삼일에 한번은 관리를 해줘야 했다. 자르고 뒤돌아서면 마치 물을 잔뜩 먹은 콩나물처럼 다시 자라나 있었다. 나무의 손을 손싸개로 감싸고 있을 때는 잘 몰랐으나 손싸개를 사용하지 않게 되면서부터는 그 작은 손톱이 얼굴에 얼마나 깊은 상처를 낼 수 있는지 알게 되었다. 어느 순간 보면 코 옆에 눈가에 볼에, 손톱으로 긁어 파인 상처가 있었다. 나름대로 열심히 관리해주어도 그랬다. 연약한 것처럼 보이는 손톱도 단단한 상처를 만들 수 있다는 것에 놀랐다. 무언가를 쉽게 약하다고 단정할 수 없는 일이다. 앞으로 자랄 미래의 시간까지 여린 손톱 안에 담겨 있어, 그 힘을 보여주는 것 같기도 했다. 울창한 나무를 품고 있는 새싹처럼. 커다란 통유리창을 담은 유리 조각처럼.

　　사람의 손톱은 태아가 엄마 배 속에 있은 지 20주 5개월 가 될 무렵부터 생긴다고 한다. 그 시기의 태아는 눈을 감아도 밝음과 어두움을 식별할 수 있게 된다고도 한다. 빛을 식별할 수 있게 될 때, 손톱도 함께 생기는 이유는 무얼까. 꼭 필연적인 이유가 있을 것만 같다. 어쩌면 밝고 어두운 것을 붙잡을 수 있는 손을 만들기 위해서일지도 모른다. 밝은 것뿐만 아니라 어두운 것도 잘 잡을 수 있는 힘이 있는 손을 만들기 위해. 그렇게 삶을 지탱하는 힘을 기르는 위해. 종이의 두께를 가진 유리 같던 손톱은 단단하고 유연하게 변하면서 손끝을 지탱해준다.

　　나는 나무의 자람을 키나 몸무게가 아닌, 손톱의 변화로 체감하고 있다. 손톱 가위로 오려줘야 했던 나무의 손톱은 점점 두껍고 단단해지고 크기도 커져서 손톱깎이로도 탁탁 소리를 내며 깎을 수 있게 되었다. 이 소리는 큰바람에 흔들리는 나뭇잎의 소리 같기도 하고, 아침에 창문을 뚫고 방으로 들어오는 햇빛의 재채기 같기도 하다. 나는 이 소리를 들으며 나무가 자랐음을 순간순간 깨닫는다.

잠든 아기를 바라보며 단단한 내 손톱도 손끝으로 한 번 쓸어본다. 누군가 내 손톱을 나 대신 잘라주던 시기가 내게도 있었을 텐데. 지금은 까맣게 기억나지 않는 그 시간. 눈을 감고 헤아려본다. 기억나지 않는다고 해서 없던 시간이 되지는 않으니까. 지금껏 살아온 시간, 앞으로 살아갈 시간이 모두 담겨 있었을, 나의 작고 여린 손톱. 끝을 매만지며 날카로운 부분이 없을지 살펴보았을 손. 그 마음의 부드러움을 가늠해본다.

소와 토끼

오늘 아침엔 밥을 먹다가 방에 가서 누워 있길래 "나무야, 밥 먹다가 누워 있으면 소 돼~" 하고 말했더니 "아니야 토끼 돼" 하고 받아치는 게 아닌가!

아기의 응용력이 날로 발전해서 놀랍고 귀엽고 웃겼다. 우리는 같이 "아냐 소 돼~" "아냐 토끼 돼~" 하며 한참을 깔깔 웃고 놀았다.

의견 조율
....

어린이집에 다녀온 나무와 함께 침대 위에 누워 있
었다.

"누워 있으니까 좋다, 그치?"

"나는 누워 있는 건 재미없어, 노는 게 재미있어."

"그래? 그럼 우리 누워서 노는 건 어때?"

"좋아!"

낯선 풍경과 함께 살기

시를 쓰는 사람이다보니 시는 새로워야 한다는 이야기를 자주 듣고 생각한다. 가끔은 답을 찾은 것 같은 때도 있지만, 그 순간은 모래성과 같아서 쉽게 무너지고 아무것도 없는 상태로 돌아간다. 답을 모르겠다. 그러니 계속 질문을 할 수밖에. 일상을 살아갈 때 새로움은 더 많이 필요하다. 사실 일상에서는 대부분 익숙함이 주는 안정감을 원하며 살게 된다. 낯선 것 앞에서는 긴장하게 되지만, 익숙한 것 앞에서는 편안함을 느끼니까. 그런데 그런 삶만 유지하며 살다보면 지루하고 답답해지는 순간이 찾아온다. 무언가를 할 의욕을 잃는 순간 말이다. 그러니 낯선 것이 주는 에너지와 역동으로 지루해하지 않고 무언가를 해나갈 힘을 얻는 것은 중요하다. 다른 방향으로 가볼 수 있게 되니까. 그건 일상이 열리는 경험이 되니까. 시를 쓸 때도 마찬가지다. 시는 결국 쓰는 사람과 읽는 사람이 새로운 풍경과 새로운 감정, 새로운 사유를 경험할 수 있게 해주는 것이기 때문이다.

　　얼마 전 진행한 시 수업에서 이원 시인의 산문을 함께 읽었다. 그중에서 "풍경은 어울리는 순간 익숙해진다. 익숙해지면 상투적이 된다. 낯선 풍경은 어딘가 균형이 맞지 않다는 뜻이기도 하다. 시는 낯선 풍경이어야 한다"^{이원 「시인의 손은 늘 어리둥절해야 한다」, 『최소의 발견』, 민음사 2017} 라는 문장에 대해 이야기를 나누었다. 낯선 풍경이라는 것은 새로워진다는 것인데, 그것은 내가 기존에 알고 있던 세계에 균열이 일어나야 가능하다는 것. 의도적으로 낯설고 새로운 것을 조합한다고 풍경이 낯설어지는 것은 아닐 것이다. 익숙한 풍경 속에 감춰져 있는 풍경의 맨살을 발견하게 되면, 놀랍게도 새롭고 낯선 풍경이 된다. 맨살은 맨눈으로 보아야 보이는 것인데, 살면서 너무나 많은 색안경을 끼게 되어서 그게 쉽지는 않다.

수업에서 이런 이야기를 나누다보니 요즘 나무와 함께 살면서 빛과 그림자를 새롭게 보게 된 일이 떠올랐다. 아무런 편견도 고정관념도 상투성도 없이 대상 그 자체를 만나는 순간을 아기는 매일 겪는다. 나무가 6개월 정도 되었을 무렵, 잠자리에 들기 전에 혼자 바닥을 두드리고 있는 걸 보았다. 아주 재미난 장난감을 만난 것 같은 표정이었다. 자세히 보니 그건 그림자였다. 나무는 그림자를 맨손으로 만져보는 중이었다. 바닥에 있는 그림자를 두드리면 바닥을 느끼게 되고, 이불 위에 있는 그림자를 두드리면 이불의 감촉을 느끼게 될 텐데. 나무는 그림자를 무엇이라고 생각했을까? 아무리 두드려도 모양이 바뀌지 않는, 자세를 바꾸면 그제야 모양이 바뀌는 그림자를 말이다. 내가 "그게 바로 그림자라는 거야. 널 항상 따라 해" 하고 이야기해주었을 때 나무는 그 말을 어떻게 이해했을까? 그땐 말을 하지 못하던 때라서 궁금해도 대답을 들을 수 없었다.

　　그러다 돌이 지날 무렵, 나무는 창문을 통해 방 안으로 들어온 동그란 햇빛 조각에 온통 관심이 쏠려 있었다. 햇빛을 만지는 어리둥절한 얼굴. 그런데 그 얼굴엔 호기심이 가득했다. 아침에 눈을 뜨면 제일 먼저 햇빛을 찾아 손가락으로 가리켰다. 방 안에 들어온 낯설고 이상한(?) 빛 조각만으로도 아기에겐 충분한 놀잇감이 되었다. 가끔은 빛을 발로 밟는 놀이를 하기도 했는데, 아무리 밟아도 밟히지 않고 빛이 발등 위로 올라오는 모습을 보면서는 꺄르르 웃었다. 그러다 두돌이 지나고 말을 하게 되었을 때, 어느 날 방 안에 들어온 햇빛 아래 누워 눈을 감더니 내게 말했다.

　—엄마, 햇빛이 눈을 가렸어.

　햇빛 때문에 눈이 따갑다고 하는 것이 아니라, 햇빛에 저절로 눈이 감기니 마치 손으로 두 눈을 가리듯이 햇빛이 눈을 가렸다고 하는 것이었다. 대상을 향한 아기의 태도는 참으로 맑고 아무런 장식이 없다. 있는 그대로 대상을 만난다는 것이 이런 것이구나, 깨달았다.
　삶을 조금 더 재미있고 의미 있게 살아보고 싶다. 더 좋은 시를 쓰는 사람이 되고 싶다. 내 눈이 아이의 눈과 같게 되길 바란다면 욕심일까. 나는 이미 어른이 되어 다른 많은 것으로 눈이 가려져 있지만, 그래도 일상을 새롭게 만나기 위해 애써보려고 한다. 맑은 눈으로, 호기심이 가득한 얼굴로, 어리둥절한 손으로.

좋아하는 것과 재미있는 것

아주 마음에 드는 꽃다발을 받은 적이 있다. 꽃다발이 다르면 얼마나 다르겠냐 하겠지만, 내 취향이 정확하게 반영된 꽃다발이었다. 초록 잎으로만 구성된 모던한 느낌의 꽃다발. 화려하고 둥글둥글 따뜻한 느낌이 아니라 선명하고 쾌적한 느낌의 꽃다발이었다. 꽃을 준 사람에게 어디서 샀느냐고 물으니 망원동에 있는 한 꽃집에서 샀다고 했다. 만약 꽃다발을 살 일이 있으면 꼭 그 꽃집으로 가야겠다고 생각했다. 그러다 친한 소설가 언니의 신간 출간을 축하하기 위해 그 꽃집에 갔다. 문을 12시에 연다고 되어 있어서 나는 10분 전부터 동네를 뱅글뱅글 돌았다. 그런데 12시가 지나도 꽃집이 문을 열지 않았다. 오늘 쉬는 날인가? 다시 검색해보니 하필이면 그날이 쉬는 날이었다. 실망스러운 마음에 근처 카페에 가서 커피를 한잔 마시면서 아쉬움을 달래고 있었다. 이제 어느 꽃집으로 가야 하지? 생각하면서 다시 그 꽃집 앞을 지나가는데 문이 열려 있는 것이 아닌가! 너무 신이 나서 잔뜩 상기된 얼굴로 들어갔다. 오늘 쉬는 날 아니에요? 꽃집 주인은 쉬는 요일인데 오늘은 스케줄이 가능해서 문을 열었다고 했다. 운이 좋았다! 속으로 생각했다. 기분이 너무 좋은 나머지 주인이 물어보지도 않은 이런저런 이야기를 했다. 낯가림이 심한 내게 좀처럼 없는 용기가 어디서 생겼는지. 왜 이 꽃집에 오게 되었는지, 오늘 사려고 하는 꽃이 어떤 분위기라면 좋겠는지, 책 표지를 보여주며 이런 분위기였으면 좋겠다고 말했다. 꽃집 주인은 알겠다고 하며 한송이 한송이씩 어울리는 꽃들을 모았다. 그러면서 내게 물었다.

　　—꽃 좋아하세요?

　　—아, 예전엔 좋은지 몰랐는데 요즘엔 꽃이 참 좋더라고요.

　　—저는 꽃을 그렇게 좋아하진 않아요.

꽃집 주인은 으레 꽃을 좋아하는 사람일 거라고 생각했는데 그렇지 않다고 하니 나는 속으로 좀 놀랐다.

—꽃집을 한다고 하면 다들 꽃을 좋아한다고 생각하더라고요. 꽃이 왜 좋은지 몰랐는데 요즘 조금씩 좋아지기 시작했어요.

—그럼 꽃을 안 좋아하는데 어떻게 꽃집을 하게 되셨어요?

—좋아하진 않는데, 재미있더라고요. 제가 금속을 전공했는데 힘이 많이 들어가는 작업이라 계속하기가 어려웠어요. 뭘 해야 할까 하다가 플로리스트 수업을 들었는데, 그게 아주 재미있었어요. 그래서 꽃집을 해야겠다고 생각했어요.

나는 그제야 끄덕끄덕했다. 꽃다발에서 서늘하고 선명함을 느낀 이유가 있었구나. 그것이 이 사람만의 꽃을 독특하게 만들어주었구나.

무언가를 좋아한다는 것은 무엇일까. 재미있다는 것은 무엇일까. 나는 지금껏 좋아하는 것이 곧 재미있는 것이고, 재미는 좋아해야 생길 수 있다고만 생각했다. 그런데 좋아하지 않고도 재미있을 수 있다니! 그런 세계도 가능하고, 또 존재한다니. 머리를 한대 얻어맞은 기분이었다. 흥미로운 충격을 가득 안고 꽃다발을 든 채 신나는 기분이 되어 가게를 나왔다.

꽃이 왜 좋은지는 모르나 재미있어서 시작하고, 이 일을 하면서 꽃이 좋은 이유에 대해 알아간다는 것. 그런 삶도 가능하다는 것. 어쩌면 당연할 수 있다는 생각도 들었다. 내가 당연하다고 여기지 못했을 뿐이지. 우리가 무언가를 시작할 때 전적으로 좋아서 시작하는 것은 아니고, 과정 중에 알게 되는 것들이 훨씬 많으니까.

요즘 나무는 포켓몬에 빠져 있다. 포켓몬 만화를 본 것은 아니고 내가 가지고 있던 고라파덕 피규어를 본 이후부터 관심을 가졌다. 그것은 내가 합정역 교보문고 앞 가챠에서 세번 만에 뽑은 것으로…… 이브이 두개, 고라파덕 한개를 뽑아 내 책상 위에 놓아두었는데…… 눈 밝은 나무가 없던 것이 새로 생긴 것을 단박에 알아챘다. 이게 뭐냐고 물어서 포켓몬이라는 것이고 이름은 고라파덕이라고 알려주었다. 나무는 고라파덕을 재미있어했다. 내가 포켓몬 주제가를 부르자 더 즐거워했다. 장난감 가게에 가서도 포켓몬 가챠를 찾아냈다. 마자용을 뽑고 싶다고 해서 다섯번 만에 마자용을 뽑았다. 마자용을 뽑기까지 더 뽑은 네개도 모두 좋아했다. 그날부터 나무는 포켓몬 이름을 외우기 시작했고 놀이터에 누가 두고 간 포켓몬 카드 몇장을 주워 온 뒤로 본격적으로 포켓몬의 세계에 빠져들었다. 포켓몬의 진화 순서를 외우고, 책을 사달라고 해서 포켓몬 도감을 사주었더니 매일 눈뜨자마자 포켓몬 도감을 열어 이름을 물어보았다. 어느새 나무는 나도 모르는 포켓몬 이름을 술술 말했다. 누가 진화해서 누가 된다고 알려주었다. 엄마, 몰랐어? 하면서. 나무는 요즘 포켓몬이 제일 좋다고 말한다. 갸라도스가 제일 좋다고.

생각해보니 나도 처음부터 시가 좋아서 시를 쓰게 된 건 아니다. 시 읽기가 재밌었다. 알 듯 모를 듯 어려운 그 세계가 재밌어서 더 알고 싶은 마음이 들었다. 허수경을 읽고, 김행숙을 읽었다. 김혜순을 읽고, 진은영과 이장욱을 읽었다. 이원을 읽고 배웠다. 그러다보니 계속 쓰고 싶었다. 쓰는 일은 좋음보다 어려움에 더 가까웠는데 그럼에도 재미있었다. 그건 지금도 마찬가지다. 어렵고 안 써져서 울고 싶은 심정일 때가 많지만, 재미있다. 좋은 시가 무엇인지 알고 싶어서, 좋은 시를 써보려고 했던 모든 시간이 시를 더 좋아하게 만든 것 같다. 이제는 조금 자신 있게 말할 수도 있다. 시가 좋다고. 시 쓰기가 제일 좋다고.

흘러가고 펼쳐지는

큰 나무 보는 것을 좋아한다. 가지가 복잡하고 잎이 많은 나무가 바람에 흔들리는 것을 보고 있으면 무언가 다 알게 될 것만 같은 기분이 든다. 바람의 방향을 눈으로 볼 수 있다는 사실이 주는 안도감 때문일까. 나무를 보고 있는 동안 나는 잠시 아주 자유로운 사람이 된다. 두 발을 땅에 딛고 있는데 키가 커지는 것만 같다.

동네에서 멀지 않은 공원에 아주 커다란 나무가 있다. 이름이 무엇인지도 모르면서 나는 그 나무를 보러 자주 공원에 갔다. 어느 날엔 전국에 있는 큰 나무를 찾아다니는 사람이 되고 싶다고 생각한 적도 있다.

얼마 전 여름휴가를 맞아 찾은 숙소 앞에도 아주 커다

란 나무가 있었다. 신기하게도 도착한 다음 날 아침 산책을 나서기 전까진 나무가 있는 줄도 몰랐다. 팻말에 600년 된 은행나무라고 쓰여 있었다. 600년이라는 시간이 나는 잘 상상되지 않았다. 살아본 적 없고 살아볼 리 만무한 시간. 600년의 시간을 차곡차곡 살아온 존재가 눈앞에 있다는 것이 잘 실감이 되지 않았다. 나는 나무에 조금 더 가까이 가보았다. 나무 위에 한 손을 얹어보기도 했다. 나무껍질은 분명 거친데 아주 보드랍고 따뜻한 동물의 털을 만지고 있는 것 같은 기분이 들었다. 내가 이 세상에서 사라지고 난 후에도 여전히 살아가고 있을 나무라고 생각하니, 지금 내가 두 손으로 꼭 쥐고 있는 문제와 고민이 아무것도 아닌 것 같았다. 큰 나무는 큰 위로를 준다.

　　큰 나무는 분명하게 오롯이 혼자 존재한다. 그러나 나무는 곁을 두는 존재라서 숲을 이룰 줄 안다. 그래서인지 혼자 있다고 해서 혼자만 있는 것으로 보이지 않는다. 곁을 넓히고 주고받으며 서로를 돌보는, 보이지 않는 애씀. 내가 고목과 마주하며 자주 경이로운 마음을 갖게 되는 것은 그렇게 오래도록 애썼을 시간의 밀도 때문이다.

얼마 전 「절해고도」 2023 라는 영화를 보다가도 커다란 나무 생각이 났다.

"이거는 도미토리에 누워 있을 때 어떤 여행자가 팔아서 경비에 보태라고 걸어줬어요. 건강해져서 여행 계속 다니라고. 이거 선생님 드릴게요. 제가 진짜 드리고 싶어요."

영화 「절해고도」에서 마음이 제일 오래 머물렀던 장면은 윤철과 지나, 영지 셋이서 밥을 먹으며 대화를 나누는 장면이다. 각자의 사정으로 서로 다른 처지가 된 세 사람이 사랑하거나 미워하거나, 외면하거나 상처받거나, 외롭거나 고통받던 시간을 지나 도움을 주고받을 줄 아는 사람이 되는 과정을 잘 보여주고 있다고 생각했다. 앞으로의 시간이 어떤 형태가 될지는 모르겠지만, 미래가 중요한 것이 아니라 지금 같이 밥을 먹고 있는 이 시간이 중요하다고 말하는 것만 같았다. 잔잔하게 대화를 나누는 세 사람의 모습이 마치 크기가 다른 고목 세그루가 바람이 부는 대로 잎과 가지를 같은 방향으로 펼쳐내는 것처럼 보였다. 흘러가고 펼쳐지는 시간 같았다. 그래서 그 장면이 잔잔한 물결처럼 마음에 오래 남았다.

*

아무에게도 이해받지 못하고 누구에게도 사랑받지 못한다고 생각한 적이 있다. 어떤 사건과 상황 속에서 모든 이유를 내 탓으로 돌리던 때가 있었다. 그 시간이 꽤 길었다. 그런데 그때 나는 누군가를 싫어할 수가 없었다. 내 가족을, 친구를, 가까운 사람들을. 그래서 이해하려고 했다. 상처받고 외롭고 고단한 내 마음을 위해 이해하려고 했다. 그럴 수밖에 없는 상황이 있겠지, 어쩌지 못해서 그런 거겠지. 그러다보니 누군가를 이해하지 못하게 될 때, 자책했다. 나를 싫어하는 마음이 생겼다. 나는 내가 마음껏 싫어할 수 있는 아주 좋은 대상이었고, 유일한 존재였다. 내가 나를 아무리 싫어해도 상처받는 사람은 나밖에 없었기 때문이다. 그것이 나를 아주 아프게 만드는 일이었음을 뒤늦게 알았다. 나를 아프게 하는 일이 내 주변 사람들도 아프게 하는 일이라는 건 더 나중에 알았다. 나는 나에게서 최대치로 벗어나고 싶었는데 그러지 못했다. 내가 나였기 때문이다. 그 시기가 너무 깊었다.

그때가 가끔 떠오른다. 내가 나를 미치도록 싫어했을 때, 어디에도 내가 사랑받을 자리는 없다고 여기던 때, 진정으로 사랑하고 마음 다해 아껴주는 마음이 무엇인지 몰라 부정하고 의심하던 때. 그런 때에도 나를 사랑해준 사람들이 있었다. 내가 혼자라고 생각하던 때에도 곁에서 알게 모르게 도움을 줬던 사람들. 내가 아주 다 놓아버리지 않도록, 마음을 쓰고 대신 눈물을 흘려줬던 사람들. 그 사람들의 얼굴이 선명하게 떠오르진 않지만 목소리, 체온 같은 것이 환하고 둥근 이미지로 여전히 내 옆에 남아 있다.

얼마 전 나무와 함께 하원을 하는데 선생님이 내게 말했다. 오늘 나무가 친구들이 만든 점토 작품이 궁금해서 구경하다가 망가뜨렸다고, 그래서 친구가 울었다고. 나무는 아마 순간적인 호기심으로 점토를 뭉개고 싶은 마음을 참

지 못한 것 같다. 선생님께 인사를 하고 집으로 걸어가면서 나무에게 그런 일이 있었느냐고 물었다. 나무는 인과관계를 잘 모르는 채로, 친구가 울었다고 말했다. 그러면서 덧붙였다.

—엄마, 나는 언제 안 망가뜨리게 돼?

망가뜨리고 싶지 않은데, 자꾸 망가뜨리게 돼서 속상하다고 나무는 말했다. 나무의 손은 아직 서툴고 마음도 서툴러서 최근엔 망가진 것들 앞에 서게 된 적이 많았다. 그러면 안 된다고, 왜 그랬느냐고 묻는 말 앞에서 어쩔 줄 몰라 어색하게 웃기도 하고 "다음에는 안 그럴게요" 말하기도 했다. 나는 나무가 자꾸 무언가를 망가뜨리는 자기 자신을 이해할 수 없어서 속상할 거라고는 생각을 못했다. 그래서인지 나무의 물음이 며칠이 지나도 자꾸 떠올랐다.

생각해보면 나는 어른이 된 지금도 무언가를 자주 망가뜨리고 있다. 특히 나 자신을, 소중한 관계들을. 언제쯤 온전한 손을 가지고 안 망가뜨리게 될까, 고민해봐도 답이 없다. 그러다 문득 나무가 무언가를 망가뜨렸을 때, 상황에 따라 어떨 땐 괜찮다고, 어떨 땐 그러면 안 된다고, 속상한 일이라고, 또 어떨 땐 울음을 멈추지 못하고 우는 아이의 등을 쓸어내려주며 포근하게 안아주던 내 손을 떠올리게 되었다. 그런데 이 손은 나만의 손이 아니라 지금껏 내 등을 쓸어내려주었던 사람들의 무수한 손이 겹친 것이라는 사실을 알았다. 곁에 있던 사람들의 따뜻한 눈빛이 녹아 만들어진 손이라는 것을 알았다. 나는 어리석어서 그것을 이제야 안다.

울음 끝

저녁밥을 먹다가 나무가 물었다.

"엄마, 나는 많이 울어?"

"응? 왜 물어보는 거야?"

"그냥, 궁금해서. 내가 많이 우는 아이인지."

"나무는 많이 우는 편은 아니지. 울음 끝이 짧잖아."

"울음 끝이 짧은 건 뭐야?"

"울더라도 금방 그친다는 뜻이야."

"아, 그렇구나."

선잠

사람은 발이 따듯해야 한다는 말을 자주 들었다. 몸 가장 바깥에 있는 신체 기관이 무엇인지 물으면 손가락을 떠올리는 사람도 있을 텐데, 나는 발과 발가락을 떠올리게 된다. 가장 바깥에 있다는 것은 가장 멀리까지 뻗어나가보았다는 뜻이다. 몸이 가장 멀리까지 나아가보려 한 흔적이 발에는 남아 있다. 그러니 발이 따듯해야 하는 것은 당연하다. 더 멀리 뻗어나가려면 힘이 끝까지 닿아야 하니까.

아이의 발을 만져보면 알 수 있다. 발이 따듯해야 한다는 것이 무슨 의미인지를. 아이가 건강할 땐 발이 따듯하다. 그러나 아플 땐 다르다. 한번은 나무가 열 감기에 심하게 걸린 적이 있었다. 온몸이 뜨거운데 손과 발은 아주 차가웠다. 손으로 감싼 나무의 발은 살얼음 낀 찬물 같았다. 해열제를 먹여도 열이 잘 떨어지지 않았다. 뜬눈으로 밤새 나무를 지켜보았다. 어른들은 말했다. 아이의 발이 차가운 건 정말 아프다는 뜻이라고. 그러니 잘 돌봐야 한다고. 그날 이후로 나무의 발이 차가울 땐 덜컥 겁이 났다. 건강하다는 것은 온기가 있다는 뜻이구나, 생각했다. 약을 먹고 약효가 잘 돌아 몸이 회복되면 발은 다시 제 온도를 찾는다. 신기했다. 40도 가까이 되는 고열에 시달리다가도 열이 내리면 자연히 발은 따뜻해진다. 그러면 나무는 다시 생기를 되찾고 잘 먹고 잘 놀고 잘 잔다.

새벽, 선잠에 뒤척이다가 나무의 한 발을 한 손으로 감싸쥐고 다시 잠드는 건 이때부터 생긴 버릇이다. 그러면 나는 조금 안전해진 기분이 든다. 따뜻하다는 것은 안전하다는 것이구나. 나는 그것을 발의 온도로 배웠다. 차가워진 발은 잠을 깨운다. 나무도 뒤척일 땐 두 발로 내 몸을 파고든다. 발은 꿈에서도 따뜻한 곳을 찾는다. 꿈의 바깥으로 나가 온기를 찾아 헤맨다.

어떤 시간은 차가운 발의 감각으로 기억되기도 한다. 스무살 무렵 친한 언니가 물었다.

—살면서 가장 추웠던 기억이 뭐야?

질문을 받고 제일 먼저 떠올린 것은 한겨울에 흰 눈이 온통 얼어 있는 골목을 맨발로 달리던 차가운 두 발이다. 열세살의 나. 허겁지겁 밖으로 나와 한참을 뛰다가 갈 곳도 없고 무서워 다시 집으로 돌아가야 했던 그 시절의 내 두 발. 얼어버린 발가락보다 곤란했던 것은 한밤중 맨발로 다니는 아이를 그냥 지나치지 못하는 사람들의 시선이었다. 차마 집으로 들어가지 못하고 문밖에 서 있는 나를, 제발 그냥 지나쳐주길 간절히 바랐다. 신발도 못 챙겨 신고 뛰어나와야 했던 상황에 대해 내게 질문하지 않길 바랐다. 흰 눈 위에 놓인 맨발을 가릴 만한 것이 없던 그 순간이 난처했다.(그 마음은 지금도 유효해서 어른이 되어서 유년의 아팠던 시간을 이야기하는 게 여전히 좀 부끄럽다.) 한 어른이 내게 어서 집으로 들어가라고 이야기했다. 걱정 어린

눈으로 나를 계속 바라보고 있어서 나는 들어가는 시늉을 해야 했다. 대문 앞까지 갔다가 문을 여는 척하며 멈춰 서 있었다. 어른이 지나간 것을 확인하고 나는 다시 골목을 돌아다녔다. 골목길에 주차된 자동차들 옆으로 걸었다. 언 발이 아팠다. 언 발을 숨기고 싶었다.

그러니까 어떤 시간은 통통 언 맨발로 요약된다. 언 발을 녹이고 싶은데 내가 가진 건 차가운 손뿐이라는 사실을 알게 되는 시간. 그 순간을 감당하는 것이 오롯이 나의 몫인 것만 같은 시간. 차가운 손으로는 발을 아무리 붙잡고 있어도 따뜻해지지 않았다. 차가운 발 때문에 손도 덩달아 더 차가워지는 것 같았다. 그래도 붙잡고 있었다. 다른 손을 가진 누군가가 내 발을 잡아줄 수 있을 거라고 생각하지 못했다. 그때의 내 상상력은 거기까지 닿지 못했다. 내 발을 잡아줄 손은 내 손밖에 없다고 생각했고 그게 나에겐 진실이었다.

모두에겐 그런 언 발의 시간이 있는 것 같다. 그것은 지나온 시간일 수도 있고 지금도 계속되고 있을 수도 있다.

발밑의 미래처럼 앞으로 다가올 시간으로 생각하며 살 수도 있다. 그래서 나는 질문하게 된다. 발을 깨뜨리지 않고 온전히 녹일 수 있을까. 혼자서도 가능할까. 사람들은 자신의 차가운 발을 어떻게 녹일까. 자신의 언 발을 어떻게 감출까. 그런 생각을 스스로 의식하지도 못한 채 오랫동안 하고 있었다. 그러니 누군가가 걱정될 땐 그 사람의 발을 떠올리게 되는 것이다. 철에 맞지 않은 신발을 신은 꽁꽁 언 발, 수면양말을 몇켤레씩 신고 있어도 여전히 차가운 발, 이불 밖으로 삐져나온 겨울의 발 같은 것. 숨기고 싶은 날카롭고 단단한 기억 같은 것. 밖으로 꺼낼 수 없는 꽁꽁 언 마음 같은 것. 좋은 사람이 되고 싶다는 열망 같은 것. 사랑받고 싶다는 생각 같은 것.

그러다 어느 날엔 이런 마음이 시가 되기도 했다. 의도하고 쓴 것은 아니었는데 시가 써진 후에야 알았다. 내가 내내 언 발의 시간 속에 있었다는 것을. 따듯한 발을 가질 수 있을까, 자주 생각했다는 것을. 그러다 시를 쓰며 다른 생각을 하게 되었다. 꽝꽝 언 발이 녹지 못하고 결국엔 깨지게 되더라도 그래도 괜찮은 것 아닐까, 그렇게 파편으

로라도 멀리 가면 되지 않을까, 그러다 물이 되어 흘러가도
되지 않을까, 라고.

　　무엇을 꺼낼 수 있을까

　　그날의 일로부터 시작하려고 했는데
　　나는 통과할 수 없을 것 같다

　　차갑게 언 신발을 신고 있어서
　　걸을 수 없을 것 같다

　　유령이면서
　　사물과 사람을 통과하지 못하고
　　부딪히면서 혼자 넘어지고 혼자 튕겨 나가면서

　　그렇게라도 가보려고 했는데

　　활짝 열린 통로 입구에서

희박한 몸의 모서리라도 맞춰보려 했는데

단단한 장갑 안에 손을 끼우면

내 손도 단단해질 수 있을까

단단한 손으로는

깨뜨리고 싶은 것은 무엇이든 깨뜨릴 수 있게 되겠지

수시로 떠오르는 얼굴 같은 것

불현듯 찾아오는 목소리 같은 것

완전해져가는 변명을 깨뜨릴 수 있겠지

전구는 얇고 전구는 쉽게 뜨거워지고

전구는 언제든 조각날 수 있다 언제든 팍, 하고 터질

수 있다

사방으로 흩어지는 조각들은 자유롭게

날아갈 수 있다

통과하지 못한다면 관통하면서

언 발로 뛰어다니다 깨진 발이 녹아서

나아갈 수 있다

　　　　　　　　　　　　—안미옥 「콘크리트」 전문

　　　　　　　　　　　*

　　작은 화분 몇개를 키우고 있다. 물과 햇빛, 바람 덕분에 키우던 식물이 많이 자랐다. 분갈이해야지 생각하곤 한참이 지나서야 큰 화분을 샀다. 화분이 작아 보였지만 새잎을 내고 열심히 자라고 있어서 급하다고 생각하지 못했다. 집 앞 꽃집에서 산 치자나무 화분이었다. 사실 분갈이를 해본 적이 없어서 어떻게 해야 할지 잘 몰랐다. 인터넷으로 검색해보니 원래 있던 흙을 좀 털어주고 잔뿌리를 정리해주라고 했다. 간단했다.(이 생각은 나의 오만이었다는 것을 나중에 알게 된다!)

　　흙을 준비하고 화분에서 치자나무를 꺼냈다. 와, 소리가 절로 나왔다. 뿌리들이 잔뜩 뒤엉켜 있었는데 상상했던 것보다 훨씬 많은 뿌리가 자라 있었다. 뻗어나갈 곳이 없어 화분 안을 빙빙 둘러 뿌리가 뿌리를 뒤덮고 있었다. 나는 엉켜 있는 뿌리를 뭉친 실을 풀듯 풀어주었다. 잘 풀리지 않았다. 잔뿌리를 많이 잘랐다. 뿌리가 움켜쥐고 있던 흙도 털어주었다. 털고 털고 또 털었다. 너무 털어서 거의 뿌리만 남을 때까지. 헌 흙에는 영양분이 없을 것이라고 생각해서 그랬다. 다 털고 나자 치자나무가 아주 가볍게 느껴졌다. 적당히 털어야 했다고 깨달은 건 새 흙을 덮고 나서 치자나무가 중심을 못 잡고 계속 흔들렸을 때다. 지지하고 있던 원래 흙을 몽땅 털어냈으니 뿌리가 지탱하던 힘이 한순간에 사라진 것이다. 나는 흙을 더 채우고 꾹꾹 눌러주었다. 그러고 나니 더이상 흔들리지 않았다.

　며칠이 지나고 보니 치자나무잎이 노랗게 변해 있었다. 내가 너무 꾹꾹 눌러준 탓에 흙이 단단해진 것이다. 단단해진 흙에선 물이 잘 빠지지 않는다고 했다. 그래서 과습이 된 것 같았다. 식물상점을 하는 친구에게 물어보니 그럴 땐 젓가락 같은 것으로 흙을 조금씩 흔들어주라고 했다. 흙을 흔든다는 말이 재미있었다. 단단해진 무언가를 흔들어주는 손이 떠올랐다. 친구의 말대로 하고 나서 뿌리가 새 흙에 온전히 자리 잡을 때까지 기다려주기로 했다. 전보다는 노란 잎이 덜 생기는 것 같았다.

한동안 나는 뿌리에 대해 생각했다. 더 뻗을 곳이 없는데도 계속해서 뻗어나가려고 했던 튼튼한 뿌리 이미지가 내 안에 맴돌았다. 뿌리를 떠올리면 자연스럽게 발이 연상된다. 식물의 발. 최대치로 자신의 경계를 확장하며 흙 속을 파고드는 이미지. 그러다 불현듯 궁금해졌다. 식물의 뿌리는 어떤 온도일까? 차가울까? 온도가 없을까? 계절에 따라 달라질까? 그렇다면 흙은 어떨까. 뜨거운 여름날 화분의 온도가 올라가면 흙도 뿌리도 함께 뜨거워지는 걸까. 겨울의 치자나무도 서늘한 뿌리로 자신의 지경을 계속해서 넓히는 것이 가능할까.

뿌리는 온도와 상관없이 최대치로 파고들고 뻗어나가려 한다. 그것이 자신을 돌보는 일이기 때문이다. 스스로 힘을 기르는 일이기 때문이다. 자신을 깊이 확장하는 것이 곧 초록 잎과 열매를 맺는 일이기 때문이다. 그러다보면 나

비도 만나고 벌도 만나는 시간이 찾아오겠지. 자신과 같이 스스로를 돌보려 애쓰는 다른 나무를 만나 숲을 이루게 되기도 하고. 내가 언 발에 골몰했던 시간도 아픔에만 파고들었던 것은 아닐지 모른다. 언 발의 시간 속에서 삶의 한 면모를 생각해보는 일, 상처받은 나 자신을 외면하지 않고 돌아보는 일, 언 발을 간직한 채로 앞으로 나아가려면 어떻게 해야 하는지 용기 있게 질문을 던지는 일. 그런 애씀의 시간이 모여 나를 나로 세운다. 그러면 나도 나무처럼 비로소 만나게 된다. 옆에 있는 사람들을. 각자의 보폭으로 나란히 걷는 사람들을. 그리고 배우게 된다. 마음을 주고받는 기적 같은 시간을.

아무도 없는 곳에서의 시간이 나를 모두가 있는 곳 강아솔 4집 앨범명 '아무도 없는 곳에서, 모두가 있는 곳으로'에서 변형 으로 갈 수 있게 한다. 그 시간은 한순간에 이루어지지 않는다. 치자나무의 뿌리는 구불구불했다. 직선이 아니었다. 깊게 가닿으려고 뒤척이는 시간이 뿌리의 자세를 만들고 있었다.

한 사람

한 사람에 대해 알아간다는 건 정확하게 무엇을 말하는 것일까. 어떤 점을 알아야 그 사람에 대해 아는 것일까. 내가 바라보는 시선이 정확하다고 말할 수 있을까. 오랜 시간을 함께 보냈다고 해서 정확하게 알 수 있을까.

사람마다 슬픔을 느끼는 지점이 다르고, 화를 내는 지점이 다르고, 사랑을 느끼는 방식이 다르다는 것이 흥미롭다. 나와는 다른 사람들에 대해 조금씩 알아간다는 것은, 지금까지 알고 있다고 생각한 것을 수정할 수 있을 때만 가능하다. 알고 있다고 생각한 것을 부수고 다시 조금 알아가고. 틀렸다는 것을 인정하고 수정하고 인정한 것을 통해 또다른 면모를 조금 더 알아가게 될 때, 그런 과정이 슬프기도 하지만 재미있다는 생각이 든다.

　　부수지 못하면 가로막히고, 틀렸다는 것을 인정하지 못하면 상대는 보이지 않고 나는 내 안으로 함몰된다. 그러면 나밖에 남지 않고 나밖에 보이지 않게 된다. 나밖에 남지 않았을 때, 진짜 나는 사라진다. 나만 남은 세계, 그리하여 나조차도 사라진 세계는 얼마나 재미없고 지루한가.

그런 마음
....

요즘 나무는 화가 나거나 속이 상할 때 내게 "저리 가!"라고 말한다. 그런데 정작 간다고 하면 못 가게 붙잡는다. 내게 무언가 토라졌거나 서운할 때 특히 자주 "엄마, 저리 가!" 하고 말하는데, 처음엔 그 말의 의미를 몰라서 나무가 무엇을 원하는지 알 수 없었다. 혼자 있고 싶다는 것인지, 달래달라는 것인지. 화가 났거나 속상한 거냐고 물으면 아니라고 하면서 저리 가라고만 하니, 도무지 알 수가 없었다.

그러다 어느 날 '저리 가'의 의미가 무엇인지 명확히 알게 된 날이 있었다. 친척집에 갔다가 근처에서 사촌이 캠핑을 한다고 해서 잠깐 놀러 갔었다. 나무의 삼촌들, 고모들, 나무와 함께 놀아줄 초등학생 형도 있었다. 바닷가 근처에서 한참을 놀다가 내가 텐트와 떨어져 있는 화장실에 가기 위해 남편에게 나무를 맡기고 자리를 비웠다. 그러다 돌아오는 길에 익숙한 울음소리를 들었다. 놀라서 가보니 나무가 삼촌에게 안겨 대성통곡을 하며 울고 있었다. 나무가 잘 노는 것처럼 보여서 형이랑 놀고 있으라고 하고는 남편도 화장실에 간 것이다. 갑자기 엄마 아빠가 안 보이니까 무서웠던 것인지 나무가 나를 보자마자 큰 소리로 외치며 내 쪽으로 울며 달려왔다.

"엄마~~!!! 저리 가~~~~!!!!!"

한참 후에 집에서 놀다가 또 토라져서 저리 가라고 하길래 "나무야, 왜 저리 가라고 하는 거야?" 했더니 나무가 그제야 말했다.

"저리 가!라고 할 만큼 화가 난 기분이야."

커튼

　지금은 휴대전화 사진첩이 나무의 사진으로 가득하지만 이전에는 어떤 것들을 담아냈나, 문득 궁금해져서 내가 찍은 사진들을 모아놓은 폴더를 살펴보았다. 특별할 것 없는 일상을 찍은 사진들이었다. 그중 어느 해엔 유독 커튼 사진이 가득했다. 사진 속 커튼은 주로 펼쳐진 채로 빛과 함께 있었다. 나는 커튼도 좋아하고 커튼과 함께 있는 빛도 좋아했구나, 사진을 보며 생각했다. 그건 지금도 마찬가지인데 한 사람의 취향이라는 것이 그렇게 자주 바뀌는 것은 아니구나 싶어서 안심이 되기도 했다.

　10여 년 전에 청파동에서 잠깐 살았던 적이 있다. 청파동은 내가 다니던 중고등학교 근처이기도 했고 「청파동을 기억하는가」라는 시를 쓴 최승자 시인이 떠오르는 동네이기도 했다. 그렇지만 청파동에서 살게 될 것이라고 생각하지는 못했는데 지금 생각해도 여러 우연 때문에 살게 된 것 같아 신기하다. 부동산에서 보여준 첫 집이 운 좋게도 이제 막 리모델링을 마치고 첫 세입자를 구하는 집이었다. 2층으로 된 오래된 단독주택이었지만 새집 같은 컨디션을 갖춘 집이었다. 1층엔 아흔이 넘은 주인 할머니가 혼자 사셨고, 2층에 세를 주려고 준비하신 모양이었다. 집을 보러 간 날에도 공사가 한창이었다. 거실에는 아주 큰 창문이 있었다. 방에도 역시 커다란 창문이 하나씩 있었다. 그 점이 마음에 들었다. 빛이 잘 들어오는 집이구나, 아주 밝은 집이구나, 그런 생각을 하면서 망설이지 않고 계약을 했다.

그런데 이 집의 난감함은 바로 그 큰 창문들에 있었다. 여름엔 햇빛이, 겨울엔 찬바람이 여과 없이 유리창을 뚫고 들어왔다. 한마디로 여름에 덥고 겨울에 엄청 추운 그런 집이었다. 게다가 맞은편 집에서 보면 집 안이 훤히 다 보일 것 같았다. 그게 가장 큰 문제였다. 누군가 내가 살고 있는 집 안을 볼 수 있다는 가능성이 마음을 불편하게 했다. 그래서 집 안에 있는 모든 창문에 커튼을 달아야 했다. 창문의 크기가 제각각이어서 기성품을 사기가 어려웠다. 이참에 맘에 드는 커튼을 달자고 생각했다. 동대문에 있는 광목천 가게에 가서 천을 고르고 원하는 크기를 이야기했다. 완성된 커튼을 택배로 받았다. 그것이 내가 직접 산 첫 커튼이었다.

나는 천으로 된 커튼을 좋아한다. 리넨이나 광목이면 더 좋다. 부드러운 질감을 가지고 있어서 빛과 퍽 잘 어울린다. 천장에 레일을 깔고, 모든 창문에 커튼을 달았다. 커튼 하나만으로도 집 안은 전혀 다른 공간이 되었다. 그렇다고 해서 여름에 시원하고, 겨울에 따뜻해지지는 않았다. 집 자체가 가지고 있는 단점을 조금 보완할 수는 있었으나, 더위와 추위를 완벽하게 차단해주지는 못했다. 차단은 커튼의 속성이 아니므로.

그렇지만 커튼을 달고 나서 나는 청파동 집을 아주 좋아하게 되었다. 가끔은 커튼을 다 걷고 골목 쪽 창밖 풍경을 보기도 했다. 걸어가는 행인들, 언덕을 오르는 자동차를 보았다. 운이 좋으면 지붕 위에 누워서 자고 있는 길고양이도 볼 수 있었다. 그러나 자주 그렇게 하지는 않았다. 늘 커튼이 쳐진 상태로 두었다. 그 정도의 조도가 좋았다. 마음을 안정시켜주는 밝기였다.

빛을 가두지 않고 가만히 온몸으로 품고 있다가 자연스럽게 방 안으로 투과시켜주는 것. 그것이 커튼이 하는 가장 멋진 일이다. 벽이 될 수도 있지만 벽으로 존재하기를 거부하는 몸짓. 그것은 자신과 전혀 다른 존재를 자연스럽게 받아들여주겠다는 의지이다. 경계를 허무는 방식이 아니라 포용하는 방식. 그런 커튼의 성질은 내가 닮고 싶어하는 사람들의 성품과 내가 살고 싶어하는 삶의 모습과도 닮아 있다. 특별한 제스처 없이도 어떤 공간을 포근하고 따뜻하게 만들어준다.

어쩌면 살아가면서 내가 점점 더 원하게 되는 것은, 벽을 세워둘 수 있는 곳에 커다란 창문을 달고 부드러운 천으로 된 커튼을 다는 일인지도 모른다. 각각의 자리를 함부로 침범하지 않으면서도 완벽하게 차단하지 않는 것. 끊임없이 닿으려고 하면서 치열하게 일정한 거리감을 유지하고자 하는 것. 그것은 매일매일 새로운 용기를 필요로 하는 어려운 일이지만 의미 있는 일이다. 관계나 삶에 깊어지고자 할수록 창문과 커튼 사이의 공간만큼이라도 일정한 거리가 유지되어야 하지 않을까. 그것이 오히려 깊어지고자 하는 것을 도와주지 않을까.

나는 요즘도 자주 침대에 누워 커튼을 본다. 커튼을 보면서 아무 생각도 하지 않거나 이런저런 생각들을 정리해본다. 촛불을 보면서 할 법한 일들을 커튼을 보면서 한다. 넓게 쳐진 커튼은 멈춰 있는 것 같지만 끊임없이 움직이고 이동하고 무언가와 만난다. 그 내면의 움직임들이 나로 하여금 창과 커튼 사이의 시간에 대해 다시금 생각하게 하고, 커튼 너머에 대해 상상하게 한다. 머뭇거리면서, 작은 보폭으로, 내가 진짜로 원하는 삶이 무엇인지에 대해 조금 더 알아가게 한다.

끝말잇기 1

밤마다 나무와 끝말잇기 놀이를 한다. 나무가 최근에 가장 좋아하게 된 놀이다. 만 3세45개월가 되면서 단어로 놀이하는 걸 좋아한다. 정확함보다는 느낌으로 끝말을 잇는다.

"엄마, 내가 먼저 말할게. 고래! '래'로 시작하는 말 해봐."

"래? ……래미콘!"

"래미콘? 그럼 내가 '미'자로 시작하는 말 할게. 미…… 미…… 미워!!!!!"

특별하다는 것

　안성에 있는 한 문학관에서 초등학생을 가르치는 글쓰기 교사로 일년 정도 일한 적이 있다. 나는 아이들과 매주 두번씩 만나서 다양한 주제를 던져주고 글도 쓰고 이야기도 나누고 그림을 그리는 시간을 가졌다. 주제에 따라 글을 쓰고 나면 그것을 꼭 그림으로 그렸다. 그때 나는 지금보다 경험이 적었고, 아이들의 마음도 잘 몰랐으나 알고 싶었고, 글을 통해서라면 함께 시간을 보내는 것이 가능할 것같기도 했다. 사실 아이들은 글을 쓰는 것에 별로 관심이 없어 보였다. 장난치고 웃고 까부는 것에 더 재능이 있었다. 매번 조용히 시키느라 목이 아팠지만 아이들의 그런 자유로운 모습이 재미있기도 했다.

어느 날 나는 아이들에게 아주 쉽고도 어려운 주제를 던졌다.

—내가 생각하는 나의 가장 특별한 점을 세가지 적어 보세요.

어쩌면 좀 이상한 말이기도 했다. 아이들은 머뭇거렸고, 나도 머뭇거렸다. 사실은 무언가 대단한 것만 특별한 것이 아니라, 아주 평범해 보이는 것도 얼마든지 특별한 점이 될 수 있다는 것을 함께 나누고 싶었다. 그런 나의 마음과는 상관없이 아이들은 엉뚱했고 내가 예상치 못한 지점에서 특별했다.

초등학교 2학년인 한 여자아이는 늘 개구쟁이 같은 표정을 짓고 있었다. 그날도 내게 선생님! 선생님! 우렁차게 부르면서 자기가 쓴 것을 보여주었다. 아이가 내게 보여준 종이에는 삐뚤빼뚤한 글씨로 "내가 왜 태어났는지 모르개써"라고 적혀 있었다. 맞춤법도 틀리고, 서툰 글씨로 적혀 있는 그 문장을 보면서 내가 잠시 멍해졌다는 걸 아이는 눈치채지 못한 것 같았다. 어떤 말을 해줘야 할까. 왜 태어났는지 모르겠다는 것은 사실 누구나 할 수 있는 생각이다. 나도 자주 했었으니까. 그런데 아이가 그런 말을 하니 잠시 얼음 상태가 되었다. 한번 가만히 생각해보자, 네가 왜 태어난 것 같아? 나는 다시 물었다. 아이는 갑자기 생각났다는 듯이 힘차게 무언가를 또 적어나갔다. "혼나려고." 아이는 계속 웃고 있었다. 그 얼굴이 너무 해맑아서 나는 심장이 쿵 내려앉는 것 같았다.

　　여섯살짜리 남자아이는 계속해서 개미를 그렸다. 가장 좋아하는 것을 그리라고 해도 개미를 그리고, 네가 살고 싶은 곳을 그리라고 해도 개미를 그렸다. 내게, 선생님 여기 개미 개미 하면서 개미를 그리고, 또 개미를 그렸다. 죽은 개미도 그리고 산 개미도 그렸다. 아이가 이건 죽은 개미예요, 하면 그것은 죽은 개미였고, 이건 살아 있는 개미예요, 하면 그것은 살아 있는 개미였다. 네 얼굴을 그려보자, 했더니 얼굴을 아주 작게 그리고 몸은 졸라맨처럼 선으로만 그렸다. 그러고는 그 옆에다 또 개미를 그렸다. 옆 친구의 얼굴을 그려보자고 해도 개미를 그려놨다. 아이의 새

하얀 스케치북 위에 개미는 아주 작고, 너무 많았다.

그래서 나는 생각했다. 어느 길로 가라고 아이들을 가르치려 하지 말고, 자기 안에 있는 것을 마음껏 꺼내도록 해야겠다고. 개미를 그리고 싶은 마음이라면 얼마든지 개미를 그리게 해주고, 왜 태어났는지 모르겠는 마음이 든다면 그 이유를 계속해서 꺼낼 수 있게 해줘야겠다고.

아이들과 함께 보내는 시간이 꽤 흘러 새해가 되었다. 아이들에게 새해 소원을 세가지씩 적어보자고 했다. 무엇이든 써도 되고 세가지보다 많으면 더 많이 써도 된다고 했다. 아이들이 쓴 것을 내게 건네고 간식을 먹으러 나갔을 때, 내용을 보고 나는 혼자 또 크게 웃었다. 아이들의 특별함은 느닷없이 깨닫게 된다.

"학교를 완전히 가고 싶지 않다. 우리 마음대로 하고 싶다"라고 쓴 아이가 선택한 '완전히'라는 표현이 아이의 마음을 표현하기에 참 적확하다는 생각이 들었다. '새해 소원'을 '새의 소원'이라고 듣고는, 새가 가질 만한 소원을 적은 아이도 있었다.

"팔이 생기는 것과 못생겨지는 것과 몸이 커지는 것

이다." 팔이 생기고, 몸이 커지는 것은 쉽게 이해가 되는데, 못생겨지는 것이 소원인 이유가 뭘까? 아이가 생각하는 새의 마음이 궁금했다. 그리고 머리를 쓰다듬어주면서 잘했다고, 잘 썼다고 해줘야지, 생각했다.

새해 소원

학교를 완전히 가고싶지않다.
우리 마음대로하고싶다.

새의 소원

팔벼생기것과 못벵겨찐것과
몸이 커지는 것이다.

끝말잇기 2

"엄마 내가 먼저 말할게. 타조!!!"

"타조? 타……"

"조와!!!"

"……"

"와터파크!!!!!!"

혼자서도 질주하는 나무.

꿈의 안과 밖

　　어릴 때 자주 꾸던 꿈이 생각난다. 꿈의 기억은 보통 아침이 되면 대부분 사라지고, 오래 기억하면 하루 이틀 정도인데 유년기와 청소년기에 꾸던 꿈이 아직도 생각나는 이유는 너무나 자주 꾸었기 때문이다. 이제는 꾸지 않지만 여전히 기억나는 꿈은 두가지다. 하나는 내가 바비큐처럼 기둥에 매달려 돌아가다가 순식간에 몸의 안과 밖이 뒤집히는 꿈이다. 마치 주머니를 뒤집듯이 뒤집히는 순간 늘 잠에서 깨어났고 너무 무서워 한참을 다시 잠들지 못했다. 두번째는 조금 더 긴 꿈이다. 대중목욕탕에 물은 없고 바닥에 사람들이 누워 있다. 많지는 않았고 대여섯명 정도. 지푸라기를 엮어 만든 덮개가 그들의 머리끝까지 덮여 있었는데 나는 그걸 하나하나 열면서 얼굴을 확인하다가 깨곤 했다. 깨고 나면 꼭 가위에 눌렸다.

　　요즘은 자고 일어나면 꿈이 잘 기억나지 않는다. 대신 나무와 함께 자다가 아이의 꿈을 목격하게 되는 경우가 종종 있다. 잠꼬대도 하고 심해지면 반수면 상태로 울면서 꿈을 겪기도 한다. 그럴 때 나무는 내게 무언가를 요구하고 해결되기 전까지 다시 잠들지 못한다. 예를 들면 홀쭉해진 애착 인형을 들고 "베베가 바람이 다 빠졌어! 바람 넣어줘!" 하면서 운다거나, 눈물을 반드시 수건으로 닦아달라고 한다거나, 모기 물린 자리에 밴드를 붙여달라며 운다. 이럴 땐 다른 방법으로는 잘 달래지지 않는다. 베베를 들고 후후 풍선 불듯 바람을 넣어주는 시늉을 하거나 기어코 수건을 가져와 눈물을 닦아주거나 진짜로 밴드를 붙여줘야 안심하고 잠이 들었다. 아침에 나무에게 꿈을 꾸었냐고 물으면 그렇다고 했다. 세살 정도 되면 꿈을 인지한다는 것이 신기하기도 했다.

　　그러다 어느 날엔 자다 깬 얼굴로, 아침의 목소리로 나무가 내게 말했다.

　—왜 꿈은 밖으로 못 나오는 거야?

　그건 꿈이 잠 속에 있기 때문이야, 나는 대답했는데 그날부터 나무의 질문이 자주 떠올랐다.
　최근 내가 꾸는 꿈에는 주로 현실에서 만나는 사람들이 등장했고 대부분 악몽으로 이어진다. 현실 같은 꿈과 꿈 같은 현실 사이에서 나는 자주 혼란스러워했다. 그런데 나무의 질문이 이상하게 나를 안심하게 했다. 침범할 수는 있으나 넘어갈 수는 없다는 것, 내가 어떤 악몽을 꾸더라도 꿈이 나의 현실을 상하게 할 수 없다는 명백한 사실이 주는 안심. 그러다 한밤이 되면 다시 의심하기도 했다. 정말로 꿈은 밖으로 나올 수 없는 것일까? 어쩌면 이미 꿈은 제 마음대로 밖을 활보하고 경계 없이 넘나들고 다시 제자리로 돌아가 어디에도 가본 적 없는 얼굴로 앉아 있는 것은 아닐까. 현실은 꿈의 바깥일까? 꿈의 아주 깊숙한 안쪽 아닐까? 하고. 그러다 자면서 히히히 웃는, 즐거운 꿈을 꾸는 나무의 웃음소리를 들으면 이런 생각도 어딘가 꿈처럼 날아가기도 했다.

　　이제 나무는 아침에 일어나자마자 어떤 꿈을 꿨는지 자주 이야기해준다. 주로 자기가 좋아하는 만화 캐릭터 이야기를 한다. "엄마, 나 꿈에 갔다 왔어. 꿈에서 슈퍼펫 만났어" 하거나 "오늘은 분명히 꿈을 꿨는데 일어났더니 기억이 안 나" 한다. 자기 전에 나는 나무에게 항상 "좋은 꿈 꿔, 혹시나 무서운 꿈 꿔도 걱정하지 마. 엄마가 옆에서 지켜줄게"라고 말하는데. 그러면 나무는 "엄마가 지켜줄 거야? 알았어!" 하고 씩씩하게 대답한다. 오늘은 자기 전까지 책을 더 읽어달라고 보채기에 불 끄고 누우면 이야기해주겠다고 설득해서, 나무가 좋아하는 깨비 나무의 부캐 이름 가 스키장에 갔는데 스키복을 못 사서 스키복 가게를 찾아 헤매는 이야기를 한참 해주었다. 이야기를 듣던 나무가 졸린지 눈을 비비며 말했다.

　　─엄마, 이제 꿈으로 가자.

사랑의 복잡한 마음을 아는 나이

얼마 전 일을 하다가 나무가 궁금해서 쉬는 시간에 잠깐 영상통화를 걸었다. 전화가 연결되자마자 나무가 대뜸 내게 말했다. "나 엄마랑 노는 거 재미없어, 아빠랑 놀 거야. 엄마 싫어." 나는 나무가 지금 서운한 마음이 큰 상태라는 것을 단박에 눈치챘다. "그래? 엄마는 나무가 좋은데, 나무는 엄마가 싫어?" "응, 싫어. 엄마랑 안 놀 거야." 나무는 시종일관 나와 놀지 않겠다고 하고는 눈도 맞추지 않고 전화를 끊었다.

일을 끝내고 집에 왔더니 나무는 곤히 자고 있었다. 잠든 얼굴은 평온해 보이는데 자기 전까지 엄마를 찾으며 울었다고 했다. 그래서인지 다음 날 아침에도 대뜸 "나 엄마랑 안 놀 거야. 엄마랑 노는 거 재미없어" 하는 것이다. 나는 그 마음을 최대한 알고 싶어서 나무에게 이유를 물었다. "엄마가 좋은데 엄마가 싫어서." 나무는 시큰둥하게 대답하고는 놀자며 거실로 나를 잡아끌었다.

만 3세는 양가감정을 알게 되기에 충분한 나이인 걸까. 좋으면서 싫고, 사랑하지만 화가 나는 그런 감정 말이다. 나무가 자라는 모습을 기록하는 비공개 SNS 계정에 나무의 최근 변화를 올렸다. 피드를 본 연준 언니가 이런 댓글을 달았다. "나무, 이제 '사랑'의 복잡한 마음을 아네. 엄마가 좋아서 미운……!" 나는 좋고 싫은 감정이 공존한다고 생각했는데, 언니는 그것이 사랑의 속성이라고 말해주고 있었다. 생각해보니 그렇다. 사랑하는 관계 안에선 미움이 사랑의 과정이자 속성일 수 있다.

내게도 사랑하는 사람을 향한 '사랑해서 미운' 감정이 오래도록 자리했다는 걸 깨닫게 된 일이 있다. 아주 오랫동안 아빠를 미워해왔다. 감정을 소화할 겨를도 없이 시간이 흘렀다. 무엇도 해결되지 않고, 해결하려 하지도 않는 상태로 말이다.

그러다 어버이날 전날 아빠에게서 문자메시지가 왔다. 나무에게 신경을 많이 못 써줘서 미안하다는 말과 몸이 많이 좋지 않다는 말이 담겨 있었다. 그 말에 대뜸 겁부터 났지만, 나무는 잘 있다고, 몸이 어디가 얼마나 안 좋으냐고 차분하게 물었다. 그냥 쉬면 된다고 하면서 아빠는 문자를 보내왔다.

　—걱정하지 마 미옥이 사랑한다 수안이도.

나는 마감을 하러 카페에 나와 있었는데, 카페에서 그만 왈칵 눈물이 터졌다. 아빠는 사랑한다는 말뿐만 아니라 어떤 애정 표현도 잘 하지 않는 사람이었다. 화를 내거나 혼을 내거나 감정을 폭발하는 모습을 자주 보고 자란 나는 아빠의 다정한 말 한마디에도 마음이 와르르 녹는 기분이 들었다. 나무의 최근 사진 몇장을 보내주다가 갑자기 궁금해져서 몇마디 말을 보태 답장을 보냈다. 나무를 키우며 부모의 시간을 생각한 적이 내게도 자주 있기 때문이다.

—아빠도 나 키우면서 행복하고 기뻤던 순간도 있었어? 힘들고 아프고 고통스러운 순간만 있는 게 아니고.

　아빠에게선 바로 답장이 왔다.

　—고통은 없어 항상 너 생각뿐 표현이 부족해서.

　고통은 없다는 망설임 없는 말. 나는 힘껏 울음을 삼켜야 했다. 카페에서 이게 무슨 청승인가 싶어서 울음을 꾹꾹 누르다가 아빠에게 답장을 보냈다.

　—나는 아빠가 나를 사랑하지 않는다고 많이 생각했던 것 같아. 아빠에게 딸로서 인정받고 싶고, 온전히 사랑받고 싶은 마음이 컸던 것 같아. 지금이라도 말해줘서 고마워.

　그러자 아빠도 곧바로 답을 보내왔다.

　—이해를 해줘서 고마워.

살다보면 생각지도 못한 화해의 순간이 오는 걸까. 아니면 기적적으로 아빠와 내가 잠시 주파수가 맞은 날이었던 걸까. 오랫동안 켜켜이 쌓인 마음의 응어리가 풀어지는 일이 이렇게 한순간에 가능할 줄은 몰랐다. 앞으로의 시간은 잘 모르겠지만, 적어도 이 대화 앞에서 나는 한없이 어린 딸이었고 아빠는 사랑 많은 아빠였다. 지금은 그것만으로도 충분하다.

나무에게 한번씩 겨울이 온다는 것을
잊을 수 없듯이

  추석 전에 엄마에게 갔다가 보따리를 한가득 받아 왔다. 엄마는 몇년 전부터 어릴 때 살던 시골 마을에 집을 얻어 내려가 살고 계신다. 올봄부터는 농사를 지어본다고 밭에 고추며 들깨, 호박 등을 심었다. 그렇게 파종을 한다고 했던 게 엊그제 같은데 벌써 추수할 때가 다가온 것이다. 햇볕에 적당히 잘 말린 고구마말랭이며 엄청나게 큰 늙은 호박이며 참깨 등을 바리바리 싸주셨다. 그중에는 산에서 주운 밤도 있었다. 커다란 검정 봉지를 열어보니 알이 굵은 햇밤들이 우왕좌왕 모여 있었다. 가만히 들여다보았다. 밤이 가진 빛깔은 그야말로 가을빛이었다.

  햇밤이나 도토리가 품고 있는 계절의 빛이 있다. 나무

에서 떨어진 지 오래된 밤은 짙은 색인데 나무에서 떨어진 지 얼마 되지 않은 햇밤이나 도토리는 연한 갈색빛이다. 그 빛깔이야말로 가을의 빛깔이라고 나는 자주 생각했다. 그 것은 햇빛과 바람과 비를 적당하게 섞어 만든 색이다. 도시에 살면서는 그 빛깔을 제대로 볼 기회가 없었다. 엄마 덕에 굉장히 오랜만에 가을의 낮빛을 보게 된 것 같다.

엄마가 준 것들을 양팔에 한가득 담아 집에 돌아오는 길에는 계절에 대해 이런저런 생각을 했다. 가을 단풍의 붉고 노란 색에는 봄에 볼 수 있는 붉고 노란 색과는 다른 무언가가 담겨 있다. 사람을 설레거나 들뜨게 만드는 것이 아니라 차분하고 고요하게 만들어준다. 자리에 앉아 골똘히 들여다보게 만든다. 그러니 지금 내게는 가을빛과 닮은 시간이 필요하겠구나, 생각했다.

일전에 이야기를 나누던 친구가 말했다. 가을은 죽음의 계절인 것 같다고. 처음에는 의아했다. 가을과 죽음을 연결해서 생각해본 적이 없었다. 가을은 풍족하고 풍성한 이미지에 가깝다고 느꼈기 때문이다. 추수의 계절, 하늘은 높고 말은 살찐다는 계절이 아니던가. 친구는 계속해서 말을 이어갔다. 겨울은 완전한 죽음이라고. 가을은 죽음을 시작하는 계절이고 모든 것을 포기하기 시작하는 계절이라고. 처음 들었을 땐 의아한 마음이 들었는데 집으로 돌아오는 길에 그 말이 문득 떠올랐다. 운전을 하면서 나는 먹구름이 빠르게 지나가는 것을 보았다. 왜인지는 모르겠지만, 먹구름이 지나가는 것을 보며 가을은 죽음의 계절이라는 친구의 말을 이해할 수 있었다. 가을은 죽음을 준비하는 계절이라는 것을, 나는 풍경을 통과하면서 직감적으로 느끼게 되었다. 가을은 잎을 떨구고 열매도 내려놓고 무거워질 대로 무거워진 것을 놓아주는 계절이다. 온전히 추위를 겪기 위해 스스로 준비하는 계절이다. 성장하기를 멈추는 계절이다. 그런 시간이 계절에게도, 사람에게도 필요하니까.

봄을 준비하는 것만큼이나 가을과 겨울을 보내는 시간은 중요하다. 그것은 하나의 시절을 완성하는 시기이기 때문이다. 한해에 사계절의 순리가 필요하듯 우리의 삶에도 그런 순리가 필요하고, 그것을 인식하고 인정하는 마음이 필요하다. 태어나 한번은 죽음을 맞이한다는 명확한 사실을 자주 잊곤 한다. 삶의 시간이 무한한 것이 아닌데 삶가운데 있다보면 그 사실을 자주 망각하게 된다. 가능하다면 좋은 죽음, 건강한 죽음에 가까워지고 싶다. 나의 죽음이 어떤 모습일지 정할 수는 없겠지만 노력해보고 싶다.

　　나무에게 한번씩 겨울이 온다는 것을 잊을 수 없듯이 사람에게도 한번씩 죽음이 온다는 것을 잊지 않는다면, 지금 이 순간에 좀더 몰입하고 일상을 더 충만하게 보낼 수 있을 것 같다. 작은 것에 연연하지 않고, 풍성한 삶의 빛깔을 갖추기 위해 애써볼 것이다. 쉽진 않겠지만. 가을, 알록달록 제각각 아름다운 단풍을 보면서. 바람을 만끽하면서.

다섯살

"엄마, 다섯살 되니까 좋아."
"뭐가 가장 좋은데?"
"양말 혼자 신을 수 있잖아."

나무 일기

나무는 이제 곧 10개월이 된다. 10개월이라는 시간이 흘렀다니. 하루의 밀도는 높고 시간은 빠르다. 매 순간 새로운 것을 경험하는 것은 나무뿐만이 아니다. 나 역시 그렇다. 하루의 밀도가 높다보니 지나간 시간은 금방 잊게 되기도 한다. 출산 이후 기억력이 감퇴한 것도 한몫하는지 모른다.

요즘 내 일상의 대부분을 차지하는 것이 나무와 함께 있는 시간이기 때문에 일기를 쓰면 그 이야기밖에 할

---

* 이 글은 2020년 12월과 2021년 2월 사이에 쓰인 일기로, 이 책의 시작이 되어주었다. 누군가가 누군가를 혼자 끌어가는 것이 아니라 그저 함께 살아가는 일이라는 것을 이 문장들을 쓰면서 조금은 배울 수 있었다. 그리고 그 힘으로 나머지 문장들도 쓸 수 있었다.

게 없다. 육아일기가 되려나? 나는 육아일기라는 말을 별로 좋아하지 않고 적합하지 않다고 생각한다. 이건 출산을 앞두고 바뀐 생각이다. 아기를 낳게 되면 내 삶이 사라지고 아기만을 위한 삶을 살게 될까봐 두렵다고 하자 내 이야기를 듣던 한 존경하는 선생님이 그렇게 생각하면 안 된다고, 육아를 하면 자신의 존재가 지워진다고 생각하는 사람이 많은데 그렇지 않다고 말해주셨다. 그렇게 분리될 수 있는 것이 아니라고, 그것 또한 '나'라고. 육아를 하는 나, 아이를 돌보는 나. 그 말이 나를 계속 지탱해주었고, 두려움을 조금 덜 수 있게 해주었다. 기억해야 할 말 같아서 메모를 해두고, 보면서 자주 생각했다. 육아는 내 삶의 한 부분이라고, 지금은 아기를 돌보는 내가 있는 것이라고. 직장생활을 하며 쓴 일기를 직장일기, 학생 때 쓴 일기를 학생일기라고 특정해 부르지 않는 것처럼, 지금의 내 삶에 대한 일기도 그냥 내가 쓴 일기일 뿐이라는 생각. 그러니 육아일기라고 특별하게 부를 필요는 없지 않을까. 한번 지나가면 다시 반복할 수 없는 일상이라는 점에선 모두 똑같다.

　　사실 일기를 쓰는 일이 쉽지는 않다. 무언가를 기록해

서 남기는 일이 아무 때나 쉽게 할 수 있는 일이 아니라는 것을 뼈저리게 느끼고 있다. 한줄이라도 무언가를 써서 남기려면 그만큼의 체력과 에너지, 관심과 집중력이 있어야 한다. 한줄을 쓸 수 있는 집중력. 요즘은 그게 참 간절한 시기다.

*

개월 수에 따라 아기는 차근차근 몸과 정신이 발달한다. 아기가 할 수 있게 되는 일, 집중적으로 하는 일이 월령마다 달라진다. 요즘 나무는 리듬에 맞춰 몸을 흔드는 걸잘하는 시기다. 몇주 전부터 동요를 듣거나 전화벨 소리를 들으면 몸을 앞뒤로 흔드는데, 나는 그게 그렇게 신기할 수가 없다. 리듬을 탈 줄 알게 되다니!

나무는 어떤 노래를 더 좋아할까. 나는 뽀로로 동요도 들려주고, 그림책 음원도 들려주고, 내가 동요를 불러주기도 하고, 류이치 사카모토 앨범도 들려주고, 가끔은 내가 좋아하는 가요도 들려줬다. 그중 나무가 가장 격하게 반응

하고 신나서 어쩔 줄 몰라한 곡은 이날치의 「범 내려온다」
이다. 리듬을 좋아하는 아기인가보다.

*

　이해라는 것이 얼마나 중요한지 새삼 깨닫는다. 이해
는 이해의 대상을 위해서가 아니라 나 자신을 위해 좋은
것이다. 한번은 나무가 며칠 동안 밤에도 계속 자다 깨고,
낮잠도 잘 못 자고 울다가 깨어나길 반복했다. 양육자인 나
도 덩달아 잠을 못 자고 쉬지를 못해서 마음의 여유가 없
어졌다. 그렇게 일주일 정도 지나고 보니 아기 잇몸에서 이
가 하얗게 올라오는 게 보였다. 이앓이하느라 그렇게 힘들
어했구나. 이해하는 마음이 생기니까 나무가 울면 안쓰러
운 마음만 들었다.
　나무가 신생아일 때 나를 가장 힘들게 했던 것은 왜
우는지 모르겠다는 것이었다. 이유를 모르니 해결 방법도
몰라 막막한 마음으로 발을 동동 굴러야 했다. 그러다 어머
니께서 그건 크느라 우는 거라는 말씀을 하셨다. 사실 특별

한 말은 아니었는데, 그 말을 들은 이후엔 크느라 아파서 우는구나 싶으니 마음에 여유가 좀 생겼다. 이해가 되니까. 이해가 된다는 것만으로도 전혀 다른 마음이 될 수 있구나.

*

　　오늘은 나무가 태어난 지 300일 되는 날이다. 이런 날이 오긴 오는구나, 시간 참 빠르다, 하면서도 하루하루를 생각하면 기적 같다. 밤새 내린 눈. 어젯밤에는 눈이 많이 내린 모양이다. 나는 나무랑 같이 일곱시부터 잠자리에 누워 있느라 펑펑 오는 눈을 보지 못해 좀 아쉬웠다. 새벽에 자다가 깨서 다시 잠들지 못하는 나무를 안고 달래고 재우다가 같이 커튼을 열고 창문 밖에 쌓인 눈을 보았다. 저게 눈이라는 거야, 밤새 눈이 왔나봐. 눈 내리는 거 못 봐서 아쉽다, 그런 말을 나무에게 해주고.

　　올해는 할 일이 너무 많다. 일이 없어도 할 일이 많고, 일이 있으면 할 일이 더 많다. 마음의 불안과 조급함은 늘 있었다. 내가 지금 놓치고 있는 것은 무엇일까. 이렇게 쫓

기듯 살면서 놓치고 있는 것은.

*

　며칠 계속되던 한파가 조금 풀렸다. 주방에서 요리하다가 환기를 하기 위해 창문을 열었는데 춥지 않았다. 산책을 가야겠다. 그 생각을 하고 세시쯤 부랴부랴 나무에게 옷을 입히고 마스크와 모자를 씌워서 유아차에 태워 밖으로 나갔다. 큰길 건너편에 좋아하는 카페가 있다. 커피 맛이 상당히 괜찮다. 나무랑 산책을 하고 카페에 들러 아인슈페너(무조건 아이스)를 테이크아웃해서 돌아오는 것이 요즘 나의 가장 큰 위로와 기쁨이다. 카페에 들렀다 집에 오는데, 길가에 비둘기 세마리가 앉아 있었다. 저기 봐, 새야 새, 하고 비둘기를 가리켰다. 나무는 대상을 인지하는 힘이 조금 더 생겨서인지 비둘기를 한참 구경했다. 비둘기가 조금씩 이동하면, 나무의 시선도 따라 움직였다. 나는 비둘기를 새,라고 설명하는 일이 좀 어색했다. '새'라는 단어엔 흠결이 없어 보인다. 그러나 비둘기는 상처 많은 이름으로 여겨지니까. 나의 편협한 생각일 텐데, 이런 어긋남을 알아차릴 때마다 흠칫 놀라게 된다. 나무에게는 아직 날개가 있는 모든 것이 '새'일까? 아니면 그림책에서 보았듯 타조, 갈매기, 까치를 구분하고 있을까?

*

미세먼지가 심한 날엔 나무를 데리고 산책을 가야 하나 말아야 하나 고민하게 된다. '나쁨' 수준이면 그냥 나간다. '매우 나쁨'이면 나가지 않는다.

겨울이고, 나무는 아직 걷지 못하니까 주로 유아차에 앉아 내가 끌고 가는 대로 주변을 구경하는 것이 전부이지만, 그것이라도 해주고 싶다. 하루에 한번은 집 바깥의 세상을 보여주고 싶다. 세상엔 처음 보는 것, 궁금한 것이 가득한데 아는 것만 있는 세계 속에 계속 두는 것이 미안하기 때문이다.

아는 것, 익숙한 것에 둘러싸인 세계는 편안한 안정감을 주지만 지루하다. 너무 많은 자극을 받는 것도 문제겠지만 사람에겐 지루함이 독이 되기도 한다. 아기가 지루해도 되는 걸까? 지루하기 위해 태어나진 않았을 텐데.

*

집은 삼면이 다른 건물에 막혀 있다. 거실 유리창으로 집 앞 골목이 절반 정도 보이는 건 그나마 참 다행이다. 아침이 되면 나무와 함께 창밖을 본다. 맞은편엔 오래된 집이 하나 있고, 그 집 마당엔 은행나무 두그루가 서 있다. 아주 높다. 가끔 새도 앉아 있다 가고 구름도 걸려 있다 간다. 오늘은 나무에게 말했다.

오늘 하늘은 무슨 색이지? 하얀색이지? 저렇게 하늘이 하얀 건 날이 흐리다는 거야. 날이 맑을 땐 하늘이 파랗게 보여. 아주 파란색일 땐 미세먼지도 없고 공기가 좋다는 거야.

그런데 요즘은 흐린 날이 더 많다. 앞으로 점점 더 그렇게 될 텐데 걱정이야. 나무는 아는지 모르는지 창밖만 주시한다. 오늘은 은행나무에 대해 더 많이 이야기했다.

저기 저 나무들은 늘 저 자리에 있잖아. 신기하지? 나무는 쉽게 어딜 갈 수가 없어. 발이 땅에 묻혀 있거든. 네게는 두 다리가 있어서 가고 싶은 곳에 마음껏 갈 수 있는데 나무는 그렇지 않아. 그래도 나무가 가만히 있는 건 아니야. 같은 자리에서 계속 무언가를 하고 있더라고. 작년 가을에 노란 잎이 무성했던 거 기억나? 네가 엄청 좋아했잖아. 이제 봄이 되면 초록색 잎이 돋아날 거야. 엄청 신나겠지? 얼른 봄이 되었으면 좋겠다. 우리 같이 봄을 기다려보자. 봄 다음은 여름, 여름 다음은 가을. 나무는 계속 변해. 신기하지? 너도 계속 변하고 있잖아. 앞으로도 계속 변할 거야.

*

마리아 몬테소리의 『흡수하는 정신』정명진 옮김, 부글북스 2018 을 읽고 있다. 첫 문장부터 마음에 든다. "이 책은 아이의 위대한 힘을 옹호하기 위한 캠페인의 일환으로 쓰였다."12면 이 책에 따르면 인간은 생후 2년 동안 살아가는 데 필요한 중요한 능력을 대부분 갖추게 된다.

　　이런 부분도 마음에 든다. 교육은 선생이 전달하는 것이 아니라 인간 개인이 자발적으로 수행하는 자연스러운 과정이라는 것. "교육은 타인의 말에 의해 습득되는 것이 아니라, 환경을 접하는 경험을 통해 습득된다. 그렇다면 선생의 임무는 아이들을 상대로 말을 하는 것이 아니라, 특별한 환경을 마련하고 그 안에 아이들이 문화적으로 활동을 하고 싶다는 욕망을 일으키게 할 장치들을 준비하는 것이 되어야 한다."19면 나는 밑줄을 긋는다. 아이에겐 스스로를 가르치는 미지의 힘이 있고, 아이들이야말로 어른을 건설하는 존재라는 대목에도 표시를 해둔다. '삶의 보호'가 교육의 핵심이라는 데에도. 어쩌면 모두가 아는 내용을 나만 모르고 있었던 건 아닌지. 몇장 읽지 못한 두꺼운 책인데 얼른 다 읽고 싶다.

　　조금이라도 읽고 나니 마음이 좀 자유로워진다. 어른 혹은 양육자는 아이를 가르치는 존재가 아니라 다만 환경을 조성해주는 존재이고, 아이는 스스로 배우고 흡수하는 능력을 가지고 있다는 사실에. 어쩌면 어른보다 더 훌륭한 존재인데, 어른은 그것을 자주 망각한다. 어린아이들에게서 배울 것이 훨씬 많다. 그것을 생각하면 부담되고 힘들었던 마음보다 설레는 마음이 더 커진다. 그리고 나는 생각하게 되었다. 서툴다는 것은 부족하다는 뜻이 아니다. 배우고 있다는 뜻이다. 나도 마찬가지.

*

오늘도 양말을 샀다. 양말을 그만 사야 한다. 지금 있는 양말도 한번씩 다 신으려면 몇달이 걸릴 텐데. 양말이 쉽게 닳지 않으니까, 서랍에 있는 양말만으로도 평생 신을 수 있을지 모른다. 평생 써도 다 못 쓸 물건들이 집에 너무 많다.

마음이 차분하게 가라앉지 않고 늘 정신없이 부유하고 있는 느낌이 든다. 요즘은 특히 더 그렇다. 가만히 침잠하여 고요하게 어떤 생각을 하거나 파고들거나 쓰거나. 그러고 싶다.

요즘 우울하거나 슬퍼질 것 같을 때 하는 일은 네이버

카페에 있는 핫딜방에 들어가는 것이다. 핫딜로 물건을 사면 뭔가 이득을 본 것 같은 기분이 든다. 당장 필요하진 않지만 곧 필요할 것 같은 물건을 산다. 예를 들면 보디크림 같은 것. 비타민이나 단밤 세트 같은 것.

*

어제는 아주 오랜만에 친구들을 만났다. 원래는 한 친구의 작업실에서 같이 글을 쓰기로 했는데, 다음에 가기로 하고 카페에 갔다. 카페에서 마스크를 쓴 채 이야기를 나누는데도, 답답하다기보다 이 순간이 아주 소중하게 여겨졌다. 마스크 없이 자유롭게 만나고 이야기했던 과거의 시간이 꿈만 같다. 승승과 선을 만나면 시 이야기를 자주 하고, 또 듣게 된다. 오늘은 승승이 곧 있을 수업에 대해 이야기했다. 웃긴 시에 대해서. 어떤 시가 웃긴 시야? 웃긴 시는 왜 웃길까? 우리는 어떨 때 시를 읽고 웃게 되지? 쓴 사람이 자기 경직과 허점을 다 보여주는 방식으로 썼을 때, 그걸 보면 웃기다고. 그런데 그건 보여주고 싶지 않은 것을 드러내는 일이기 때문에 슬프게 읽히기도 한다고. 친구의 빠른 말을 내 방식대로 듣고 이해했다. 나는 '자기 경직'이라는 표현이 마음에 걸려 계속 생각하게 되었다. 자연스럽지 않고 경직된 언어는 그 사람의 많은 부분을 보여주고, 그것은 대부분 웃기거나 슬프다. 잔뜩 얼어서 경직된 자세로, 그러니까 아주 우스꽝스러운 자세로 말을 하는 사람을 보았을 때 드는 기분.

　웃기는 시를 쓰려면 어떻게 해야 하지? 승승이 물었다. 웃기려고 하면 안 되지. 내가 답하자 승승은 와, 똑똑하다, 천재다, 하고 감탄했다. 그건 승승의 말버릇. 나는 그 말이 일종의 리액션이라는 것을 알지만, 알아도 기분이 좋아진다. 내가 이런 식으로 이야기하면 승승은 덧붙여 말하겠지. 나는 진짜로 그렇게 생각해!

　선은 곧 나올 시집 제목을 고민하고 있었다. 나는 선이 시집을 묶으면서 처음 붙인 가제를 듣고 그 제목이 퍽 마음에 들었다. 그래서 그 제목이 좋다고 말했다. 왜 좋은지도 말했다. 그건 중의적인 느낌을 주기 때문에 좋아. 그러고 보니 나는 중의적인 의미를 가진 제목을 꽤 좋아하는 것 같다. 여러 방식으로 읽힐 수 있는 제목. 그래서 각자의 해석을 마음껏 펼칠 수 있는 제목. 그래서 어려운 제목.

배가 고파져서 밥을 먹으러 가기로 했는데, 하필이면 가고 싶은 식당이 다 휴무였다. 왜 월요일에 쉬는 가게가 이렇게나 많을까? 선은 자기가 자주 가는 초밥집이 있다고 했다. 나는 사실 날생선을 잘 못 먹고 좋아하지 않지만 그러자고 했다. 선이 사준다고 했기 때문이다. 상가에 있는 작은 초밥 가게는 바 테이블 하나와 사인용 테이블 두개가 전부였다. 스페셜 세트를 먹기로 했는데, 어떤 생선이 나오는지 몰라서 걱정이 되었다. 나는 말했다.

—나는 너무 생선인 건 못 먹어.
—너무 생선인 거? 그게 뭐야?
—너무 생선인 거 있잖아. 왜, 많이 비리거나 고등어 초밥 같은 거.
—아.
—혹시 너무 생선인 게 나오면 너네 줄게.
—내가 다음에 진짜 더 맛있는 초밥집 데려갈게. 거

기에 전화해서 예약할 때 미리 말해야겠다. 일행 중에 너무 생선인 거 못 먹는 사람이랑 오이 못 먹는 사람 있어요.

— 하하하. 그래, 그렇게 해야겠다.

그렇게 말한 게 무색하게 나는 초밥을 하나도 남기지 않고 다 먹었다. 너무 잘 먹어서 초밥을 잘 못 먹는다고 말한 게 민망할 정도로. 정말 맛있다고, 너무 배부르다고, 몇 번을 감탄했는지.

스페셜 초밥을 먹다가 성게 초밥이 나왔을 때, 성게에 곁들인 연어알 세개가 나를 약간 망설이게 했다. 이건 선에게 줘야겠다, 하고 생각하고 있었는데 그때 승승이 말했다. 이건 한입에 털어서 먹어야 해. 그래서 나는 한입에 털어 먹었다. 입안에서 잠깐의 고비가 찾아왔다. 그래도 그리 심각한 것은 아니었다.

나 아까 그랬어, 하고 연어알 이야기를 했더니 선이 그럴 줄 알았다고 했다. 언니가 망설이는 게 느껴졌다고. 그러면서 이건 정말 일기에 쓸 만한 이야기다! 하고 덧붙였다. 요즘 맨날 집에만 있어서 일기에 쓸 내용이 없었는데, 그럼 이건 꼭 써야겠다, 하고 잊을까봐 휴대전화를 켜서 메모했다.

정말 배부르고, 몸이 따뜻했다. 친구들이랑 같이 먹어서 그런 거겠지.

*

함박눈이 펑펑 내리는 입춘.

올해는 눈이 많이 내린다. 나무가 눈을 좋아한다. 내가 "밖에 눈이 내리나?" 하면 나무가 창문 밖을 쳐다본다. 그게 너무 신기해서 정말로 눈이 또 내렸으면 좋겠다고, 나무가 기뻐하면 좋겠다고 생각한다. 내일 아침에 일어나면 가장 먼저 창밖에 쌓인 눈을 보여줄 것이다. 엄청 신이 나겠지.

*

영은 자신에게 일어나는 큰일에 대해 이야기할 때, 늘

별거 아니라고 말한다. 다 듣고 나면 별일이 아닌 게 아닐 때가 많다. 나무를 잠깐 가족에게 맡기고 영의 집으로 갔다. 영의 집은 최소한의 짐만 있고 잘 정돈되어 있어서 가면 늘 기분이 좋다. 그리고 영은 언제나 환하게 환대해준다. 나는 커피를 사서 갔다. 찬바람이 너무 불어서 손이 엄청 시려웠다. 손보단 커피가 식는 게 걱정이었다. 도착해서 그 이야기를 하니 영이 말했다. 커피는 전자레인지에 데우면 된다고. 간단하고 명쾌하다. 그런 방법이 있었구나.

나는 영의 이야기를 듣고 그동안 얼마나 마음이 복잡했을까, 속상했을까 싶었다. 이런 일은 아무것도 아니야,라고 말하지만 사실 엄청 스트레스를 받을 상황이라서 스스로도 그것을 아주 작은 조각으로 만들려는 것 같았다. 아무리 작은 조각으로 만들어도 힘든 일이 저절로 사라지지는 않는다. 그것을 겪어나가는 일정량의 시간과 마음이 늘 필요하다. 그 시간을 혼자 보내도록 하지 않고, 곁에서 함께 보내고 싶다는 생각이 들었다. 다음엔 맛있는 디저트를 사서 놀러 가야지.

영과는 어떻게 친구가 된 걸까. 누군가와 친구가 된

것을 생각하면 늘 신기하다. 수많은 사람 중에 이 사람과 친구가 되어 삶을 나누고, 시간을 함께 쓰고, 울고 웃고 한다는 게. 영은 같이 있는 시간이 재미없으면 친구가 되기 어려운 것 같다고 했다. 그 말을 듣고 보니 그렇다. 함께 있는 시간이 늘 즐거울 수는 없겠지만 재미있을 수는 있다. 속상한 일을 이야기하는 시간도 재미있을 수 있다. 재미있다는 것은 즐겁고 유쾌하다는 뜻만은 아닌 것 같다. 나는 재미있다 혹은 재미없다는 말을 자주 쓰곤 하는데, 시나 글을 읽고 나서도 자주 쓴다. 슬픈 시도 재미있을 수 있다. 고통이 가득한 시도 재미있을 수 있다. 재미라는 말은 확장의 의미처럼 느껴진다. 인식과 감정이 확장되는 경험을 하게 될 때 재미있다고 말하게 된다.

*

매일 나무와 있다보니 나무를 통해 세상을 보게 되는 것 같다. 지금 나무는 태어난 지 11개월이 다 되어간다.

나무가 소리가 나는 물건을 귀에 갖다 댄다. 그러면 소리가 더 크게 들리기 때문이다. 더 크게 듣고 싶은 소리라는 건 어떤 것일까.

*

세상을 하나의 거대한 덩어리로 생각하면 그 무게가 엄청날 것이다. 그러나 세상은 덩어리로 존재하지 않고 세세한 조각들로 이루어져 있다. 이것에 대해 계속 이야기하고 싶다. 이건 사실 『힌트 없음』 현대문학 2020 에서도 많이 이야기한 것인데 아직도 더 할 이야기가 남아 있나보다. 이렇게 자극이 되는 것을 보니.

시가 될지 되지 않을지 모르지만 어떤 문장들을 쓴다. 문장은 경험에서 비롯되는 경우가 많다. 물론 가공을 하게 되지만 내 삶과 무관한 문장인 적은 없었던 것 같다.

설명할 수는 없으나 이제는 조금 쓸 수 있을 것 같은 기분이 든다. 며칠 전까지만 해도 정말 막막했는데. 시는 몸이 없는 것을 먼저 예감하는 것이라고 말하는 이원 선생님의 영상을 보았기 때문일까? 집중력이 조금 더 생긴 기분이고. 사실 한글 파일을 보면 그때나 지금이나 아무것도 없기는 마찬가지이나, 아무것도 없지만 아무것도 없음이 모두 다 같지는 않다.

아무 말이나 써야지,라고 쓰기 전에 매번 생각한다. 아무 말이나 쓰는 것이 어렵기 때문이다. 나는 쓰기 전에 늘 긴장하고 그 긴장을 풀기 위해서 많은 시간을 필요로 한다. 언제쯤 나도 쓰고자 앉으면 바로 쓰게 되는 때가 올까. 오긴 올까?

*

나무가 표현할 수 있는 언어란 아직 울음이 섞인 큰 목소리, 웃음, 더러 엄마엄마 아빠빠 하는 옹알이가 전부다. 그러니 자신의 의사를 표현하기 위해선 더 크게 울고, 더 크게 웃을 수밖에 없나보다. 이제는 제법 자기주장도 생기고 어떤 물건이나 사람, 상황에 대한 호불호도 생겼다. 그것을 정확하게 (자신만의 방식으로) 표현할 줄도 안다.

호와 불호로 이루어진 일상을 살고 있는 셈인데 그러고 보면 어른의 삶도 별반 다르지 않은 것 같다. 다만 어떤 것은 말이나 몸의 언어로 표현하고 어떤 것은 아무것도 아닌 셈 치며 숨길 뿐.

　　나는 삶의 연차가 쌓일수록 싫어하는 것을 더 노골적으로 싫어하게 될까봐 겁난다. 좋아하는 것의 경계는 점점 더 희미해지는데 어째선지 싫어하는 것은 더 또렷해지고 명확해지는 것 같다. 그리고 싫어할 만한 것만 싫어하게 될까봐 그것도 두렵다. 익숙하고 편한 삶을 위해 싫어하게 되는 일을 경계하고 싶다. 또 무언가 대단히 싫어하는 것은 사실 그것이 내 안에 있기 때문이라는 말이 있는데 싫어하는 것이 생길 때마다 그 말을 떠올리며 나를 돌아볼 수 있게 되기를. 내 문제를 내 문제라고 바르게 인지하고, 남 탓하며 살지 않기를. 바라고 또 바란다.

*

　　나무는 잠귀가 밝고 예민한 편이어서 재울 때마다 여

러가지 방법이 동원된다. 나무는 문 손잡이 돌리는 소리에도 깨고 마는 아기이고, 졸린데도 쉽게 잠들지 못하는 편이다. 여러가지 방법 중 하나는 나지막한 목소리를 들려주는 것이다. 나무를 업고(업히거나 안겨야 잠든다) 친구와 전화 통화를 하면 내 목소리를 듣다가 잠이 드는데, 매번 그렇게 할 수는 없으니 요즘엔 이야기를 들려준다. 그런데 제대로 기억하는 옛날이야기가 별로 없다. 그래서 자주 보는 그림책의 내용을 조금 더 풍성하고 디테일하게 이야기해주거나, 평소 내 고민이나 나무가 배 속에 있을 때 겪고 느낀 감정에 대해 들려준다. 그런데 오늘은 떡 하나 주면 안 잡아먹지, 하는 호랑이 이야기가 자꾸 생각나는 것이었다. 엄마가 오누이를 집에 두고 떡을 팔러 고개를 넘어가다가 호랑이에게 잡아먹히고, 그 호랑이가 엄마의 옷을 입고 오누이에게 와서 문을 열어달라고 하는 이야기.

"호랑이가 엄마를 잡아먹은 거야. 그러고는 엄마 옷을 입고 남매에게 가서 애들아, 문 좀 열어다오~ 하는 거 있지. 그러자 남매가 엄마라면 팔을 보여주세요! 하고 말했는데, 팔을 보니 털이 잔뜩 있는 거야. 엄마가 아닌 거지." 이렇게 이야기하다보니 내 기분도 이상해지고, 나무는 갑자기 울먹이기 시작했다. 점점 더 무서운 이야기가 되고 있었나. 나는 이야기를 그만두고 노래를 불러주었다. 내가 자주 불러주는 자장가는 「섬집 아기」인데 부르다보면 가사가 너무 슬프다는 생각이 자꾸 든다. 엄마가 굴 따러 가면 아기가 혼자 남아 파도 소리를 듣다가 스르르 잠이 들다니! 너무 부러우면서도 슬픈 것이다.

*

나는 나무 블록을 쌓는다. 그러면 네가 와서 무너뜨린다. 나는 또다시 더욱 높게 쌓아보려고 한다. 그러면 채 다 쌓기도 전에 네가 다가와 무너뜨린다. 무너뜨리는 것은 너의 일이고, 너의 놀이이고, 너의 호기심. 지금은 쌓는 것보다 무너뜨리는 것을 먼저 배우고 먼저 할 줄 아는 시기여서. 너는 무너뜨리면서 즐거워하고, 그걸 보면서 나도 즐거워한다. 무너뜨리는 것을 잘하면 다음이 있다.